Mark
Berlin, den 1. Februar 1923
Reichsbankdirektorium

blue notes
15

Um sich von ihrem Geldkomplex heilen zu lassen und auf eine in Aussicht stehende Erbschaft zu warten, begibt sich die Ich-Erzählerin in ein teures Sanatorium. Dort begegnet ihr eine ganze Entourage aus gescheiterten Existenzen, die sich gleichfalls durchs Leben mogeln: Bankrotteure, Spekulanten, versoffene Adelige und spleenige Witwen. Zusammen schmiedet man verwegene Pläne, aber das Leben übertrifft ja bekanntlich jede Fantasie …
Franziska Gräfin zu Reventlow wurde 1871 in eine konservative norddeutsche Adelsfamilie geboren. Ihre Lebenslust und ihr Freiheitsdrang führten 1892 zum Bruch mit der Familie, wodurch Franziskas finanzielle Not begann, der sie zeit ihres Lebens als Übersetzerin, Malerin, Sängerin, Schauspielerin und Schriftstellerin notdürftig beizukommen versuchte. Als „tolle Gräfin" führte sie in Schwabing ein ausschweifendes Leben zwischen Ateliers, Affären und durchfeierten Nächten. Lebenshungrig und lebensmüde zugleich, entschloss sie sich 1911 zu einer Scheinehe mit dem baltischen Baron Alexander von Rechenberg-Linten. Doch als der Geldsegen endlich kam, ging Franziskas Bank Pleite. Sie starb 1918 mittellos in Locarno/Schweiz.

Franziska
Gräfin zu Reventlow

Der Geldkomplex

Roman

meinen Gläubigern zugeeignet

edition ebersbach

I

Meine liebe Maria!

Aus einem eindringlichen Brief von B..., der mir durch das Konsulat nachgeschickt wurde, sehe ich, dass man sich um meinen Verbleib beunruhigt.
Es nahm sich vielleicht nicht gerade freundschaftlich aus, dass ich so spurlos verschollen bin und auf nichts mehr antworte (hab noch nachträglich vielen Dank für deine verschiedenen Briefe) – aber glaube mir, es geschah zum Teil aus zarter Rücksicht. Erwarte nur ja nicht, dass die hiermit wieder eröffnete Korrespondenz von allzu erfreulichen Tatsachen handeln wird.
B... meint, und ihr anderen am Ende auch, ich hätte längst die berühmte Erbschaft angetreten und damit das Weite gesucht. Nein, das stimmt nicht, der alte Herr ist ja noch nicht einmal tot. Aber jedenfalls kann es nicht lange mehr dauern, und das ist einer von den Gründen, weshalb ich hier bin – bitte, erschrick nicht – in einer Nervenheilanstalt, oder sagen wir lieber Sanatorium, das klingt immerhin noch etwas milder.
Sanatorium – ich seh' dich und mit dir alle die anderen verständnislos den Kopf schütteln. Ich bin auch nicht nervenkrank, nicht einmal besonders nervös, ich habe nur einen ›Geldkomplex‹.
Ich hoffe zu Gott, du weißt, was ein Komplex in diesem, nämlich im pathologischen, Sinne bedeutet? Etwa so: verdrängte, nicht ausgelebte Gefühle, Triebe und dergleichen,

die sich, ich glaube, im Unterbewusstsein zusammenballen und einem seelische Beschwerden verursachen. Es handelt sich da um irgendeine neue Nervenheilmethode, die man Psychoanalyse nennt. Erfunden hat sie der bekannte Professor Freud in Wien – dies nur, damit du verstehst, weshalb ihre Anhänger ›Freudianer‹ heißen. Man möchte sonst glauben, es bedeute irgend etwas besonders Lustiges oder gar Zweifelhaftes.
Aber es gibt eine Menge Leute, die dir das besser auseinandersetzen können als ich, und ich rate dir, dich lieber an diese zu wenden. Ich selbst hatte auch bisher von diesen Geschichten keine Ahnung und würde mich absolut nicht dafür interessieren – wenn nicht ein ›Freudianer‹ meinen Geldkomplex entdeckt hätte.
Es gibt gewiss nichts Faderes, als eine eigene Leidensgeschichte zu erzählen, und ich erzähle im Ganzen lieber Freudengeschichten. Die Nervenheilanstalt hat aber sicher in euren Augen etwas so Blamables, dass ich mich doch rechtfertigen und dir den trüben Hergang näher erzählen möchte. Du musst halt Nachsicht haben, wenn ich dabei etwas weitschweifig und manchmal konfus werde.
Liebe Maria, wir haben uns letztes Jahr wenig gesehen, da du meist fort warst, aber du weißt, dass mein Dasein schon vorher nur noch eine einzige wirtschaftliche Krisis war. Wie oft habt ihr in eurer Verblendung meinen Optimismus und meine Todesverachtung bewundert – mit Unrecht, denn gerade das ist mein Verderben gewesen. Ich habe die Sache mit dem Geld niemals ernst genug genommen, ließ es so hingehen und dachte, es würde schon einmal anders werden. Kurz, um mich im Freudianerjar-

gon auszudrücken – ich habe es entschieden ins Unterbewusstsein verdrängt, und das hat es sich nicht gefallen lassen. Bitte, haltet mich nicht für ernstlich gestört, aber ich bin tatsächlich dahin gekommen, es – das Geld – als ein persönliches Wesen aufzufassen, zu dem man eine ausgesprochene und in meinem Falle qualvolle Beziehung hat. Mit Ehrfurcht und Entgegenkommen könnte man es vielleicht gewinnen, mit Hass und Verachtung unschädlich machen, aber durch liebevolle Indolenz verdirbt man's vollständig mit ihm. Und das muss ich getan haben, ich ließ es kommen und gehen, wie es gerade kam und ging –, ach, der verfluchte Optimismus, den ihr so nett gefunden habt. Als ich dann merkte, dass es anfing, sich immer feindlicher gegen mich zu stellen, habe ich es gelockt, bin ihm nachgelaufen; aber es war schon zu spät – es wollte nicht mehr.

Also – die wirtschaftliche Krisis erreichte einen nie geahnten Höhepunkt. Du hast ja oft genug bei mir gewohnt, Maria, und kennst das aus eigener Anschauung – die Wohnung ist gekündigt, jedes menschenwürdige Einrichtungsstück gepfändet oder schon auf Nimmerwiedersehen abgeholt – es klingelt beständig, aber man macht nicht mehr auf – jedes Poststück, das ins Haus kommt, beginnt ›Im Namen des Königs …‹ usw. Trotzdem tauchen immer neue Leute auf, die Geld wollen, Geld, Geld und noch einmal Geld. Die ganze Atmosphäre bekommt etwas Überhitztes, Widernatürliches, schwirrt von abnormen Anforderungen. Es ist einfach nichts da, und doch hört, sieht, liest und erfährt man nichts anderes mehr, als dass jeder ›sein Geld‹ haben will.

Du hast dann manchmal behauptet, es ginge bei mir wie in den Lesebuchgeschichten, wo fromme Leute eine Kirche oder dergleichen nützliche Dinge bauen wollen, ohne jegliches Kapital, aber mit unerschütterlichem Gottvertrauen. Schon wollen sie verzweifeln, richten aber gläubig den Blick gen Himmel – sieh, da klingelt es, und ein anonymer Wohltäter schickt eine unwahrscheinliche Summe.

Das war einmal – das war manches Mal – aber eben bei jener letzten Krisis war keine Rede davon. Die Wohltäter waren ausgestorben, verschwunden, verreist, erzürnt oder nicht mehr zu haben. Ich hatte auch das blinde Gottvertrauen nicht mehr und fühlte, dass die Kluft, die sich zwischen ihm – dem Geld – und mir aufgetan hatte, nicht mehr zu überbrücken war. Es begann sich an mir zu rächen, und das Infame an dieser Rache war, dass es mich nicht nur mied, sondern eben durch seine völlige Abwesenheit alle meine Gedanken und Gefühle ausschließlich erfüllte, mich vollständig in Anspruch nahm und sich nicht mehr ins Unterbewusstsein verdrängen ließ.

Es gibt Momente, wo Leute anfangen zu beten. Und es gab einen Moment, wo ich anfing zu rechnen, blind und inbrünstig zu rechnen. Ich rechnete beim Aufwachen und beim Einschlafen, rechnete, wo ich ging und stand, rechnete all die Summen, die ich brauchte, in meinem früheren Leben gebraucht hätte und späterhin brauchen würde, zusammen und wieder auseinander, kalkulierte alle vorhandenen und nicht vorhandenen Möglichkeiten und Unmöglichkeiten in der Gegenwart, Zukunft und Vergangenheit.

Mein ganzes Leben zog wieder an mir vorüber bis in die kleinste pekuniäre Einzelheit, ich sah ein, dass ich niemals genug Geld gehabt hatte und voraussichtlich nie genug haben würde – alle verdrängten Begehrlichkeiten, alle gescheiterten Luxusträume wachten wieder auf, alles, was ich jemals hätte tun oder kaufen mögen und nicht getan oder gekauft hatte, gaukelte mahnend vor meinem inneren Auge, und so ging es fort bis ins Endlose …

Dass man in dieser Verfassung nicht sehr umgänglich ist, kannst du dir denken. Ich fühlte denn auch, dass die Bekannten kein besonderes Vergnügen mehr an meinem Verkehr hatten. Sie fanden mich langweilig, präokkupiert und zitterten vor Geldansinnen. Darin hatten sie auch vollkommen Recht, denn war ich mit Menschen zusammen, so tat ich im Stillen nichts anderes als sie taxieren und geeignete Momente abwarten, um sie zu einer Anleihe, einer Schiebung oder Unterschrift zu verlocken …

Ich möchte nicht gar zu ausführlich werden – um deinetwillen wie um meiner selbst willen. Denn wenn ich näher darauf eingehe, bekomme ich heute noch Rechenanfälle.

Es kam dann schließlich ein Tag – so etwa Anfang oder Mitte Mai –, wo ich morgens vor die Stadt hinaus ging, um auf andere Gedanken zu kommen. Aber es nützte gar nichts – gleich auf dem Wege begegnete mir ein Hotelwagen, ich las stumpfsinnig die Aufschrift: ›Zu den vier Jahreszeiten‹ und überlegte mechanisch, was denn eigentlich für eine Jahreszeit sei, während ich durch die Wiesen ging. Alles stand in Blüte und Sonnenschein, Lerchen sangen und im Teich quakten die Frösche – anscheinend vor Vergnügen. Ich beneidete sie. Und wieder fingen meine Ge-

danken an unaufhaltsam um den einen Punkt zu wirbeln …
Ja, es wird wohl Frühling sein, aber was geht mich das an? Es gibt keine Jahreszeiten, keinen Sonnenschein und keine Blüten – es gibt keinen Lerchengesang und keine Frösche – es gibt nur Geld. Das alles tut, als ob es glücklich wäre, und doch gibt es kein Glück und keine Tragik, denn mit Geld lässt sich jede Tragik aushalten, und ohne Geld geht auch das Glück zum Teufel oder man kann nichts damit anfangen.
So strich ich alles durch und setzte dafür Geld. Das hatte tatsächlich etwas Erlösendes, bis mir dann wieder aufs Herz fiel, dass es in meinem Fall ja eben keines gab, und nun fing alles wieder von vorne an.
Ich will mich deiner erbarmen, Maria, und es nicht noch weiter ausmalen …
Eben an jenem Morgen traf ich dann einen mir flüchtig bekannten Nervenarzt, einen ›Freudianer‹. Ich wollte mich unbefangen mit ihm unterhalten, konnte aber aus meinem Gedankengang nicht mehr herauskommen. Er wurde aufmerksam, interessierte sich, tat alle möglichen Fragen, dann blieb er mitten im Wege stehen, sah mich enthusiastisch an und stellte fest: Ich litte an einem schweren Geldkomplex, und den könne man nur durch psychoanalytische Behandlung heilen, die er am liebsten selbst übernehmen wollte. Im weiteren Verlauf des Gesprächs schlug er mir vor, ich solle mich einstweilen in die Anstalt seines väterlichen Freundes, Professor X., begeben, er selbst habe die Absicht, seine Ferien dort zu verbringen, und werde also nachkommen. Dem Professor X. möchte ich nur um Gottes willen nicht von der geplanten Behandlung sagen,

denn er sei ein erbitterter Gegner allen Freudianertums. Ich könnte mich ja auf irgendeine fixe Idee hinausreden und ein wenig simulieren.

Anfangs war ich etwas unschlüssig und ziemlich erschrocken über den Gedanken, mit einer pathologischen Sache behaftet zu sein. Das heißt, ich hatte wohl selbst schon geahnt, dass es nicht mehr ganz richtig mit mir war. Andererseits aber hatte der Gedanke, diesen Zustand wieder loszuwerden, vieles für sich – das fürchterliche Rechnen und die beständigen Geldgedanken mussten mich binnen kurzem ganz zugrunde richten. Wenn es in dieser Weise fortging, war ich sowieso nicht imstande, mich ernstlich mit der Ordnung meiner Angelegenheiten zu befassen.

Als ich kurz darauf die Nachricht von der schweren Erkrankung des alten Erbherrn bekam, war mein Entschluss gefasst, denn nun auch noch mit positiven Kapitalsmöglichkeiten zu rechnen, das ging, weiß Gott, über meine Kraft.

So stellte ich meine Angelegenheiten, meine Gläubiger, und alles übrige in Gottes Hand, fuhr hierher und tat sowohl der Welt wie mir selbst gegenüber, als ob ich nicht mehr existierte.

Aber selbst die Erinnerungen greifen mich noch zu sehr an, und ich glaube, wir haben für heute beide genug … ein andermal mehr.

2

Wie mir denn hier zumut ist, willst du wissen? – Einstweilen ist es so ziemlich die dümmste Situation, die mir das Leben bisher serviert hat, und mit törichten Situationen war es freigebig genug.

Ich war noch nie in einem Sanatorium und habe noch nicht recht heraus, wie man sich hier zu benehmen hat. Der Professor nahm mich natürlich eingehend ins Verhör, und ich war in einiger Verlegenheit, was ich ihm sagen sollte. Da ich nun am ersten Abend meine Mitpatienten ziemlich unsympathisch fand, gab ich an, ich litte an krankhafter Menschenscheu – so konnte ich mich doch wenigstens ruppig benehmen, wenn mir die Leute ernstlich auf die Nerven fielen. Aber er meinte, dann wolle er mich lieber vorläufig isolieren. Ich sollte die Mahlzeiten alleine auf meinem Zimmer nehmen usw. – Nein, um Gottes willen, das wollte ich nicht, zuviel Alleinsein machte mich vollends verrückt. – Nun, er wolle mir gern möglichste Freiheit lassen, soweit ich nicht störend auf andere einwirke, etwa die Abneigung gegen meine Mitmenschen in auffallender Weise äußern sollte. – Nein, nein, das würde ich ganz gewiss nicht tun, sagte ich voller Überzeugung – er sah mich daraufhin ganz erstaunt an und schüttelte den Kopf. – Pause – angestrengtes Nachdenken. Dann beklagte ich mich über Schlaflosigkeit, Depressionszustände und was mir gerade in den Sinn kam. – Wie sich die äußerten – nämlich die Depressionen –, ob ich etwa oft und ohne Grund Neigung zum Weinen fühle?

Darüber fiel ich wieder aus der Rolle und musste über dieses merkwürdige Ansinnen herzlich lachen. Aber er hielt das, Gott sei Dank, für nervös, legte mir väterlich die Hand auf die Schulter und meinte, ich hätte am Ende irgendwelche schweren seelischen Erschütterungen durchgemacht ... ach, du lieber Gott, auch ohne den Geldkomplex zu erwähnen, konnte ich ihm doch nicht gut sagen: ja gewiss – aber sie lagen ausschließlich auf pekuniärem Gebiet – ich war mein Leben lang allen menschlichen und seelischen Konflikten gewachsen, nur den wirtschaftlichen nicht. Weder glückliche noch unglückliche Liebe, weder Ehe noch Ehebruch, sondern ausschließlich Gläubiger, Hausherren und Lieferanten haben es dahin gebracht, mich psychisch zu zerrütten.

Schwerlich hätte der Professor das richtige Verständnis gehabt, und ihm wären höchstens Bedenken über meine Zahlungsfähigkeit aufgestiegen.

Dann fuhr es mir plötzlich durch den Kopf: Gott im Himmel, wenn nun am Ende ein Wunder geschähe, der alte Erbherr sich wieder erholte und ich auch hier meinen pekuniären Verpflichtungen nicht nachkommen könnte! Die Geldgedanken, die ich seit ein paar Tagen fast vergessen hatte, fielen wieder über mich her wie ein Schwarm von Raben. Ich war außer Stande etwas zu sagen, was der Professor wohl auf die seelischen Erschütterungen schob und mich voller Teilnahme gehen ließ.

Immerhin hatte ich den Eindruck, dass er mich für ziemlich übergeschnappt hielt.

Du musst ja auch selbst sehen, Maria, wie es um mich steht. Ich bin nur noch ein Schatten meiner selbst ... habe ich mir früher je Gedanken gemacht, wie man sich am Ende irgendeines Aufenthaltes aus der Affäre ziehen würde? Vielleicht bin ich schon auf dem Wege zum Verfolgungswahn, denn ich habe längst angefangen in jedem Menschen den eventuellen Gläubiger zu sehen. Das geht nun auch hier schon wieder los. Der gute Professor ist wirklich sehr nett mit mir – aber eines Tages wird er mir unweigerlich als Gläubiger gegenüberstehen – die anderen Patienten – wer weiß, ob ich nicht in die Lage kommen werde, sie anpumpen zu müssen – und das Personal, das sicher fürstliche Trinkgelder erwartet … nein, glaubt mir nur, die Bestie im Menschen, vor der so oft gewarnt wird, braucht man nicht halb so zu fürchten wie den Gläubiger im Menschen.

Apropos, um die in M… habe ich mich nicht weiter bekümmert, mögen sie sich untereinander um meinen Nachlass zerfleischen. Die Flüche der ›Ausgesogenen und Betrogenen‹ hallen nur manchmal noch auf Umwegen zu mir herüber. Einige haben ihre Forderungen dem Verein ›Kreditreform‹ übergeben, und dieser schlug mir vor, mich gütlich mit ihnen zu einigen, sonst käme mein Name auf eine schwarze Liste, die an achtzigtausend Kaufleute versandt würde. Es war das einzige Schreiben dieser Art, das mich wirklich sympathisch berührte, und ich möchte jenen menschenfreundlichen Verein dafür segnen. Es ist wohltuend, zu denken, wie Schulden sich einfach dadurch erledigen, dass man auf eine Liste kommt und dass man mit jenen achtzigtausend Kaufleuten gar nichts zu tun hat, sie zum Mindesten nicht auch noch Geld von mir beanspruchen. Kurz nach Empfang dieses Schreibens hatte ich

einen Traum: Ich war in einer Wüste, und die achtzigtausend Kaufleute kamen als Karawane auf mich zu, umringten mich, boten mir mit mildem Lächeln alles Mögliche an und wollten mir ein Kamel zum Reiten geben. Bis dahin war der Traum sehr schön, aber dann bemerkte ich plötzlich, dass das Kamel ein Menschengesicht hatte, und zwar sah es aus wie mein letzter Hausherr in M... Darüber erschrak ich so, dass ich ganz verstört aufwachte.
Du musst wissen, dass die Freudianer sich im Interesse der Patienten auch mit Traumdeutung befassen. Dies war jedenfalls ein richtiger Komplextraum, und ich habe ihn mir deshalb notiert, um für Baumann Material zu sammeln. Womit soll ich ihn sonst beschäftigen?
Vorläufig behandelt mich der Professor nach der hier üblichen Methode mit Tageseinteilung, Ruhestunden, Bädern, Wickeln und dergleichen mittelalterlichen Foltern. Es ist zum Gotterbarmen, und ich möchte wissen, ob die Leute ihre Seelenschocks oder Depressionen wirklich dadurch loswerden. Auf mich wirkt es gerade umgekehrt, ich fange jetzt erst an nervös zu werden.

3

Aus lauter Verzweiflung habe ich angefangen Bekanntschaften zu machen. Man erzählt sich seine Leiden, räsoniert über die Behandlung, vergleicht die jedem zugemessene Anzahl von Bädern und Packungen, kurz, man fachsimpelt auf Tod und Leben. Ich komme mir zwar immer noch sehr dilettantisch vor. Angstzustände, nervöse

Herzgeschichten, Idiosynkrasien, Neurosen und Psychosen, die in diesem Milieu zum guten Ton gehören, sind mir bisher böhmische Dörfer gewesen, aber ich lerne doch allmählich, mich sachverständig darüber zu unterhalten.
Wir haben da einen achtzehnjährigen Pastorensohn, der sich zum Atheismus durchgekämpft und darüber eine Psychose bekommen hat. Nun gibt es einen entlegenen Teil des Gartens mit einem kleinen Holzpavillon, und in dem Pavillon steht – ich weiß nicht, warum – eine Spieluhr. Eben dort geht der jugendliche Atheist ganze Nachmittage im glühendsten Sonnenschein tiefsinnig und barhäuptig auf und ab. Jedes Mal, wenn er zum Pavillon zurückkommt, zieht er die Spieluhr wieder auf. Ich habe ihm ein paar Mal schweigend zugesehen und ihm dann klarzumachen versucht, dass diese Betätigung unmöglich heilsam auf seine Nerven wirken könne. Er sollte lieber mit mir ins Dorf hinuntergehen und ein Glas Wein trinken – hier oben sind geistige Getränke verpönt. Wir gingen also Wein trinken, unterhielten uns über Religion, verständnislose Eltern, Vorrechte der Jugend und andere einschlägige Fragen, und es wurde ihm entschieden etwas besser. Darüber versäumten wir irgendwelche abendlichen Duschen und der Professor bemerkte am nächsten Morgen etwas ironisch, meine Menschenscheu scheine sich ja auffallend zu bessern. Trotzdem setzen wir unsere Spaziergänge fort und ich sehe, dass es dem Jungen gut anschlägt.
Dann ist da ein blonder Landwirt, der behauptet, er sei schon von Jugend an Melancholiker – in lichten Momenten schwärmt er von einer Reise um die Welt, die ihn vielleicht auf frohere Gedanken bringen könne, unter andrem

möchte er gerne die kalifornische Schweinezucht aus eigener Anschauung kennen lernen. – Ferner eine dicke Baumeisterswitwe, die nervenkrank geworden ist, weil ihr Mann Bankerott gemacht und sich dann erschossen hat. Sie hat uns die Geschichte gewiss schon fünf-, sechsmal mit allen Details vorgetragen, und man hat aufrichtiges Mitgefühl. Mehr als alles andere, mehr als Tod und Bankerott ist es ihr nachgegangen, dass in einer Zeitung gesagt wurde, ihr Mann sei ein »unverbesserlicher Baulöwe« gewesen und habe sich damit zugrunde gerichtet. Über diese Beschimpfung kann sie absolut nicht wegkommen.
Ja und so weiter. Du siehst, es ist keine besonders lustige Umgebung – aber wenn man so dazwischen sitzt, gibt sie einem doch allerhand zu denken.
Nach meinem Gefühl wären fast alle Psychosen in erster Linie mit Geld zu heilen. Hätte der rebellische Pfarrerssohn Geld, so brauchte er weder zu seiner Familie zurück noch eine neue Weltanschauung, sondern würde sich nach Herzenslust amüsieren und, da schon ein Glas Wein und ein bisschen Geschwätz ihn wieder aufleben lässt, bald geheilt sein. – Der Landmann könnte um die Welt reisen und über den Wundern der kalifornischen Schweinezucht seinen Trübsinn vergessen. Auch die Witwe möchte sich sicher über den unverbesserlichen Baulöwen trösten, wenn er ihr ein anständiges Vermögen hinterlassen hätte. Aber das sieht wohl kein Nervenarzt ein, und es nützt ja auch nichts, wenn er es einsähe. Man kann nicht von ihm verlangen, dass er seine Patienten auch noch finanziert.
Mein Tischnachbar, der Privatdozent Lukas, ist Gott sei Dank nur überarbeitet. Ich unterhalte mich gern mit ihm,

nur ist er mir zu sehr Reformmann und hat extravagante Ideen über die Erwerbsfähigkeit der Frau – er ist Nationalökonom. Gegenüber sitzt eine Medizinstudentin, die ihm natürlich sekundiert, ihr Steckenpferd ist das weibliche Gehirn, das trotz irgendwelcher Unterschiede ebenso brauchbar sein soll wie das männliche. Über dieses Gehirn wären wir neulich beinah hart aneinandergekommen. Das verblendete Mädchen trat aufs Lebhafteste dafür ein, dass möglichst viele Frauen sich den wissenschaftlichen Berufen zuwenden sollten und dabei bessere Chancen hätten als in anderen. Dr. Lukas hielt das Erwerbsleben für noch geeigneter, und ich meinte aus tiefster Überzeugung, dass wir überhaupt zu keiner ernstlichen Tätigkeit taugten, nicht einmal zum Schneidern und Kochen, denn jeder Schneider oder Koch macht es immer noch besser. Und die so genannte geistige Arbeit ist vollends ruinös und schrecklich. (Ich war den Tag gerade schlechter Laune, und es tat mir wohl, meinen Empfindungen freien Lauf zu lassen, um so mehr, wenn ich jemanden damit ärgern konnte.) Die Medizinerin setzte ihren Zwicker auf und sah mich fast erschrocken an:

»Aber Sie sind doch selbst Schriftstellerin …«

Ach Barmherzigkeit, wie kommt sie zu dieser Kenntnis? Du weißt ja, Maria, ich kann das nun einmal nicht vertragen und habe gegen das bloße Wort eine förmliche Idiosynkrasie. So fuhr ich denn auch diesmal auf wie von sechs Taranteln gestochen und sagte: Nein, ich sei gar nichts. Aber ich müsse hier und da Geld verdienen, und dann schriebe ich eben, weil ich nichts anderes gelernt hätte. Gerade wie die Arbeitslosen im Winter Schnee schaufeln – sie

sollte nur einen davon fragen, ob er sich mit dieser Tätigkeit identifizieren und sein Leben lang mit: »Ah, Sie sind Schneeschaufler« angeödet werden möchte.
Das verstand sie nicht und sagte etwas von der Befriedigung, die alles geistige Schaffen gewähre.
»Nein, die kenne ich nicht, aber ich habe manchmal davon gehört«, wagte ich hier zu bemerken, »was mich selbst in solchen Fällen aufrecht erhält, ist ausschließlich der Gedanke an das Honorar.«
Daraufhin ließ sie mich, nicht aber das weibliche Gehirn fallen und behauptete, immerhin müsse doch auch meines so organisiert sein, dass ich etwas damit leisten könne.
»Aber ganz im Gegenteil, es leidet unendlich darunter. Es gibt doch so etwas wie Gehirnwindungen, und ich fühle tatsächlich bei jeder geistigen Anstrengung, wie mein Gehirn sich darunter windet. Nein – ich glaube unbedingt an den Schwachsinn des Weibes, und zwar aus eigener schmerzlicher Erfahrung. Seien wir nur ehrlich, liebes Fräulein Doktor«, fügte ich versöhnlich hinzu, »wenn unsere Gehirne wirklich so viel taugten, wären wir doch alle beide nicht hier.«
Das aber nahm sie sehr übel und beteuerte, ihr Nervenleiden beruhe nur auf erblicher Belastung.

4

Du – ich fange an, wieder an Wunder zu glauben. Lache nur nicht, man findet ja im Lauf der Zeit manchen alten Glauben wieder, zum Beispiel den an ein zweites Leben, in dem man entweder Geld haben oder keines mehr brauchen wird. Ja, ich könnte mich sogar mit dem Tod aussöhnen, der mir früher so unsympathisch war – denn, selbst wenn nichts anderes mehr käme, so wird's doch wenigstens keine Gläubiger und keine Rechnungen mehr geben. Wie gut, dass man nicht fromm ist, sonst würde ich mir vorstellen, die ewige Verdammnis bestände darin, dass sie einen auch dorthin verfolgen.

Also eure Gebete sind sichtlich erhört worden, lass dir nur erzählen. Vorgestern ging ich wieder einmal mit dem Atheisten und der Baulöwenwitwe, die sich uns manchmal anschließt, ins Dorf hinunter. Wir haben aus lauter Verzweiflung angefangen dort nachmittags Kegel zu schieben. Alle drei fühlten wir uns etwas unglücklich und jammerten rechtschaffen über unser elendes Dasein und über unsere Nerven. Als wir dann zwischen dem Kegeln eine Erholungspause machten, sah ich im Wirtsgarten einen Herrn sitzen, der mir merkwürdig bekannt vorkam. Ja nun, es war tatsächlich Henry – wir hatten uns jahrelang nicht gesehen und ich war sehr überrascht, ihn so unverändert wiederzufinden. Damals, als er nach drüben ging, dachten alle, er würde Karriere machen, als Millionär im Bauch und Berlocken wiederkommen und uns alle finanzieren. Als er dann nie mehr schrieb, gab man ihn wehmütig auf. Aber er ist wieder da, ist immer noch derselbe, gründet immer noch, es geht auch immer noch schief, und dann hat er gleich wieder eine neue und fabelhafte Chance an der Hand.

Sein Erstaunen, mich hier mit den beiden beim Kegelschieben zu finden, war ebenso groß wie meines und wuchs noch, als ich ihm erzählte, dass wir droben in das Sanatorium gehörten. Wohl über übel musste ich dann die anderen an den Tisch holen. Es ging auch ganz gut, die Witwe schloss ihn gleich ins Herz und erzählte von ihrem Baulöwen. Henry überlegte sofort, wie man die Gläubiger überlisten und das verkrachte Vermögen retten könne. Später gingen die anderen voran, um ihre Abendbehandlung nicht zu versäumen, ich blieb noch eine Weile und ließ mir erzählen. Er ist hergekommen, um Terrains für eine Fabrik anzukaufen und will noch eine Weile bleiben, weil ihm der Ort gefällt und er dringend etwas Erholung braucht. Im Laufe des Gesprächs fiel mir auf, dass er sich doch verändert hat, er ist schweigsamer geworden, und manchmal schaut er so merkwürdig vor sich hin in die Luft und sein Blick wird ganz starr.

»Woran denkst du denn, Henry?«

»Ich rechne.«

»Immer?«

»Immer.«

»Dann hast du auch einen Geldkomplex.«

»Was hab' ich ?« – er wusste nur von Häuserkomplexen, Baukomplexen, Terrainkomplexen. Ich erklärte es ihm, so gut ich konnte und fürchtete beinahe, er möchte es übel nehmen, aber er stürzte sich förmlich darauf wie auf eine neue Spekulation. Vielleicht berührte es ihn auch wie ein heimatlicher Klang, eben weil er beständig mit seinen Käufer-, Bau- usw. Komplexen zu tun hat. Aber dieser Mann hat viel mehr Illusionsfähigkeit als ich, er fand die Möglichkeit einer Heilung durch Analyse ganz einleuchtend und will meinen Freudianer unbedingt kennen ler-

nen, sobald er kommt. Das ist mir ganz recht, so kann ich mich vielleicht um die Behandlung drücken, zu der ich schon längst keine Lust mehr habe.
An dem Abend verspätete ich mich arg, und der Professor machte mir einen richtigen Krach. Er hat von unseren Ausflügen Wind bekommen, warf mir vor, dass ich den Atheisten zum Weintrinken verführt habe, auch die Witwe sei heute Abend ganz außer Rand und Band, und meine eigene Behandlung lasse ich überhaupt völlig außer Acht.
Ach, mir wäre bald die Geduld gerissen, und ich war nahe daran, in offene Rebellion auszubrechen, zu sagen, dass mir ja absolut nichts fehle und man mich um Gottes willen in Ruhe lassen solle. Es ist wirklich hart genug, sich auf Schlaflosigkeit und dergleichen behandeln zu lassen, wenn man einen so gesunden Schlaf hat wie ich, und überhaupt …
Aber seit der letzten wirtschaftlichen Krisis bin ich völlig charakterlos geworden, ich habe nicht mehr den Mut, den Ast abzusägen, auf dem ich sitze … das wohl bekannte Gefühl, wenn er plötzlich kracht und man drunten liegt … nein, das kann ich nicht mehr. Jedes Mal, wenn ich aufbegehren möchte, sehe ich wieder wie in einer Vision den Professor als Gläubiger vor mir und werde sanft wie ein Lamm.
Die Kegelausflüge haben wir also aufgeben müssen, dafür habe ich Henry bewogen, als Neurastheniker ebenfalls in das Sanatorium zu ziehen. Er findet sich ganz gut hinein und man macht sich gegenseitig das Leben so angenehm wie möglich. Jetzt im Sommer ist es überhaupt erträg-

licher, man hat den großen Speisesaal mit der deprimierenden langen Tafel verlassen und nimmt die Mahlzeiten auf der Terrasse an einzelnen Tischen. Henry, Doktor Lukas, der Knabe Gottfried und ich haben einen Tisch am oberen Ende, wo man alles übersehen kann und doch etwas für sich ist. Die Witwe wollte sich anschließen, aber es war zum Glück kein Platz mehr. So gastiert sie nur bei uns, und damit sie nicht allzu störend wird, erziehen wir sie zu unserer Anschauungsweise. Kurz, wir haben hier mitten in dieser fremden Welt eine Art eigenes Milieu gegründet.

Du kannst dir denken, dass Henry und ich uns viel zu erzählen haben und endlos von alten Zeiten reden. Wir rechneten aus, wie lange wir uns jetzt schon kennen. Es sind ungefähr acht Jahre, und die Bekanntschaft begann mit einer sehr schönen, sehr langen und sehr kostspieligen Reise, von der wir ohne einen Heller zurückkehrten. Er gab dann seine bisherige wissenschaftliche Tätigkeit auf und verlegte sich auf Unternehmungen. Der erste Anlass dazu war ein Exfreund, dem er ein beträchtliches Kapital ins Geschäft gesteckt hatte und der es nicht wieder herausrücken wollte. Der Exfreund wurde verklagt, gepfändet, jedoch umsonst. Er hatte vorgesorgt und alles rechtzeitig seiner Tante zediert. Aber er hatte irgendeine viel versprechende Erfindung gemacht, das Patent auf diese Erfindung konnte er wohl nicht gut der Tante zedieren, und Henry ließ es beschlagnahmen. Damals lernten wir, seine näheren Bekannten, ihn bewundern; er hatte uns vorher wohl allerlei Pläne entwickelt, aber wir verstanden wenig von solchen Dingen und hielten sie deshalb für phantas-

tisch. Ich sehe ihn noch, wie er dann eines Tages plötzlich auf den Tisch schlug und sagte: »Jetzt hab' ich' s.«
Acht Tage später hatte er auf die Erfindung des Exfreundes eine GmbH gegründet, hatte ein elegantes Büro mit zahllosen Plänen, Grundrissen und Gipsmodellen und telefonierte den ganzen Tag. Wenn ich mich recht erinnere, handelte es sich um einen feuersicheren Kinema-Saal, brach aber doch einmal Feuer aus, so würde wenigstens keine Panik entstehen, weil er in einer halben Minute geräumt werden konnte. Wie die Geschichte ausging, bringe ich nicht mehr zusammen, und es tut auch nichts zur Sache. Jedenfalls begann er damit seine Laufbahn als Gründer. Übrigens hat Henry ebenso wie ich einen rätselhaften Unstern in finanziellen Dingen gehabt, er konnte wohl auch nicht die richtige persönliche Beziehung zum Geld finden. Mich hat es dann schließlich ernst genommen, ihn foppte es auf unqualifizierbare Weise. Böse Zungen behaupten heute noch, es sei bei all seinen Unternehmungen nie etwas herausgekommen, aber das kennt man ja und man soll kein Gewicht darauf legen. Einerlei, er blieb unbeugsam, fragte man ihn, wie steht es denn mit der oder jener Geschichte?, so hieß es: Schlecht, gerade im entscheidenden Moment kam etwas dazwischen, aber ich habe jetzt eine neue Sache an der Hand, und wenn die nicht einschlägt, soll mich der Teufel holen. Manchmal verschwand er auch für eine Weile, und man hatte Angst, er sei verkracht, aber er war nur rasch in Südamerika oder sonst wo gewesen, um irgendein Unternehmen ›in die Wege zu leiten‹. Dann tauchte er wieder auf und mit ihm ein neues Büro, ein imponierendes Türschild, das wieder

eine neue GmbH verkündete, Modelle, Telefongespräche und Aktionäre.

Du siehst, Maria, er ist auch diesmal wiedergekommen und hat sich drunten in unserem Städtchen ein Büro eingerichtet, wo er täglich ein paar Stunden mit seinen Aktionären telefoniert. Wir schwelgen in alten Erinnerungen: wie ich einmal Geld hatte … wie du einmal Geld hattest … oder: als es mir damals ernstlich an den Hals ging … Unsere Schicksale hatten immer eine gewisse Ähnlichkeit miteinander, so musste es wohl auch kommen, dass wir uns hier im Sanatorium mit unseren beiderseitigen Geldkomplexen wiederfanden und doch beide nach altem Brauch auf eine günstige Lösung warten … ich auf meine Erbschaft, er auf einen großen Coup, der seiner Meinung nach dieses Mal nicht fehlschlagen kann.
Beklag dich, bitte, nicht wieder über meine Briefe, Maria. Aber ich interessiere mich momentan so grenzenlos für meine eigene Existenz, dass nichts anderes übrig bleibt. Auch darin verhext einen die ewige Geldfrage, möchtest du's nur nie an dir selbst erfahren. Alle schönen Eigenschaften des Herzens, alles Eingehen auf andere geht dabei zum Henker …

5

Ich fürchte, wir haben den armen Privatdozenten angesteckt. Anfangs pflegte er nur friedlich von wirtschaftlichen Fragen zu sprechen, während er sich jetzt auf das

Lebhafteste für Gründungen und Spekulationen, kurz für alle direkten und indirekten Geldfragen interessiert. An unserem Tisch ist von nichts anderem mehr die Rede, die Neurosen und Psychosen haben alle Anziehungskraft verloren. Selbst Gottfried denkt nicht mehr über seine Weltanschauung nach, sondern hört andächtig zu. Ich glaube, der Verkehr mit uns wird ihn noch völlig heilen. Heut saß ich längere Zeit mit Doktor Lukas allein. Wir gaben uns alle Mühe, zur Abwechslung einmal ein anderes Thema anzuschlagen ... die Hitze ... die Persönlichkeit des Professors ... wie schön es sein müsste, jetzt für ein paar Wochen an die Nordsee zu fahren ... und wurden dabei aber immer einsilbiger und langweiliger. Dann kam die Witwe einen Augenblick heran und stimmte ihr gewohntes Klagelied an. Tag und Nacht habe ihr verstorbener Mann gearbeitet, bis er ein kleines Vermögen auf der Bank liegen hatte, und all das sauer verdiente Geld sei nun in der Konkursmasse – mein Gott, mein Gott!

Die gute Dame ist etwas ermüdend, aber ihre Neurose besteht nun einmal in dem beständigen Repetieren ihrer Leidensgeschichte, und als Mitpatient muss man Geduld haben.

»Eigentlich hat sie ja auch Recht«, sagte Lukas, als sie wieder fort war.

»Nein, sie ist vollständig auf dem Holzweg, weil sie an dem Geld gerade das sauer Verdiente so schätzt und hervorhebt. Es ist ein widerwärtiger Ausdruck und ein widerwärtiger Begriff. Es kann auch auf sauer verdientem Geld kein Segen ruhen, es muss uns hassen, weil wir es an den Haaren herbeigezogen haben, wo es vielleicht gar nicht hin-

wollte, und wir müssen es hassen, weil wir uns dafür geschunden haben und im Gedanken an diese Schinderei noch voller Ressentiment sind. Es rächt sich auch immer, denn entweder warten schon andere Leute darauf oder man gibt es in der ersten Reaktion für sinnlose Dinge aus.«
»Der Baulöwe hatte es aber anscheinend doch auf die Bank gelegt, um sich später einmal gute Tage zu machen ...« –
»Um so schlimmer, dann wird es gar noch zum ›sauer Ersparten‹, was die Leute bekanntlich immer auf tragische Weise einbüßen. Ich begreife auch, dass das Geld sich solche Bezeichnungen nicht gefallen lässt. Sauer erspart ... sagen Sie es sich nur ein paar Mal vor, womöglich mit knarrender Stimme.«
Er tat es und musste mir Recht geben: »Wie Krähen im Herbst«, sagte er.
Inzwischen war Henry unbemerkt durch die Gartentür hereingekommen und stand mit einem Mal hinter uns.
»Was macht ihr denn da?« sagte er aufrichtig erschrocken.
»Mein Gott, Herr Doktor, jetzt hat es Sie auch schon ... Kommen Sie lieber mit hinunter in mein Büro, ich möchte Ihnen etwas zeigen.«
Im Büro war ein Arbeiter damit beschäftigt eine große Holzkiste aufzubrechen, und wir waren sehr neugierig auf den Inhalt. Henry erzählte uns derweil ausführlich die Geschichte der südamerikanischen Goldminen, um derenthalben er damals fortging. Man hatte ihm die Leitung des ganzen Unternehmens übertragen, aber wie gewöhnlich, wenn alles einmal glatt gehen konnte, machte das Geld eine förmliche Verschwörung gegen ihn. Er hatte einfach keines, konnte das aber den Aktionären nicht gut unter die

Nase reiben, und die Abreise verzögerte sich, verschob sich bis ins Aschgraue. Wiederum regten sich die bösen Zungen und behaupteten, er sei monatelang mit einem falschen Bart herumgegangen, um zu verbergen, dass er immer noch da war. Ich weiß auch nicht mehr, hat es ein halbes oder ein ganzes Jahr gedauert, bis er endlich an seiner Geschäftsstelle anlangte. Von dort aus hatte inzwischen ein Herr Alramseder aus Nürnberg, der an der Sache beteiligt war, gegen ihn intrigiert, und Henry erfuhr gleich bei seiner Ankunft, dass die Gesellschaft ihn schon lange seiner Stellung enthoben und eben jenen Herrn Alramseder zu seinem Nachfolger gemacht hatte. Dieser liebenswürdige Mann mit dem heimatlichen Namen hatte einen ausgesprochenen Tropenkoller und schickte ihm ohne weiteres einen Trupp von sechzehn Kaffern entgegen, die ihn verhaften sollten.

Die Witwe hörte in größter Spannung zu und fragte fast atemlos: »Ja … und was taten Sie da?«

»Zuerst fotografierte ich die Kaffern«, sagte Henry schlicht und ohne Pose.

»Fotografierten die Kaffern? …«

»Ja, um Beweismaterial gegen den Alramseder in der Hand zu haben.« – Pause.

Tatsächlich ist es ihm dann auch gelungen – ich weiß nicht, ob die Fotografie der sechzehn Kaffern dabei ausschlaggebend wirkte – die leitende Stellung wieder an sich zu bringen und zu behaupten. Die Witwe war ganz begeistert und ist jetzt überzeugt, dass es Henry gelingt, mit ihren Gläubigern fertig zu werden und das Andenken des unverbesserlichen Baulöwen reinzuwaschen.

Inzwischen war die Kiste endlich aufgebrochen, und Henry hob eine sonderbare, unförmige Gipsgeschichte heraus, die das Minenterrain darstellte. Quer durch geht ein blau gestrichener Fluss. Er erklärte uns die geografische Lage und dass die Goldlager sich unter dem Flussbett befänden.

»Und wie bekommt man das Gold da heraus?« fragten wir.

»Das ist ganz einfach«, antwortete er und hob ohne weiteres den blau angestrichenen Fluss heraus, mit einer so überzeugenden Geste, dass wir einen Moment das Gefühl hatten, wenn es darauf ankäme, würde er es auch in Wirklichkeit so machen.

Nun, er hat es uns dann ausführlich erklärt, wie es gemacht wird, aber ich habe weder aufgepasst, noch möchte es von besonderem Interesse für dich sein. Schließlich kann einem Gold doch nur lebhaft interessieren, wenn es schon wirkliche Zwanzigmarkstücke sind und sie einem gehören.

6

So, nun habe ich endlich einmal eine Sensation zu verkündigen, die Sensation … der alte Herr ist sanft entschlafen, wie mir gestern ein Telegramm meines Miterben meldete. Ich war ihm dankbar, dass er sich so taktvoll ausdrückte, und gebe mir alle Mühe, dem Entschlafenen gegenüber ebenfalls taktvoll zu empfinden. In dem Moment, wo jemand tot ist, wird einem das ja auch immer relativ leicht. Also erwartet jetzt, bitte, kein ordinäres Freudengeheul von mir, mir ist vielmehr zumut, als ob ich vorläufig sehr viel Haltung bewahren müsste.

Erstens wissen wir über das Testament und vor allem über den Besitzstand des Verstorbenen noch nichts Genaueres, und da er Ausländer war, kann sich das alles noch etwas hinziehen. Zweitens habe ich den Glauben an das Geld, an alles Geld verloren und kann ihn nicht von heute auf morgen wiederfinden. Bis es nicht tatsächlich vor mir auf dem Tisch liegt … und wer weiß, ob es mich jetzt für hinlänglich geläutert hält, um sich wirklich auf meinen Tisch zu legen. Wie oft habe ich erlebt, dass es schon auf dem Wege zu mir war und unter irgendeinem fadenscheinigen Vorwand wieder umkehrte. Selbst dadurch, dass es einem gehört, hat man es noch nicht … so halte ich es für geboten, es vorläufig möglichst zu ignorieren und um keinen Preis kopfscheu zu machen.

Bitte, verhaltet auch ihr euch in diesem Sinne, sprecht nicht davon, freut euch nicht, schlagt keinen Lärm, und gratuliert mir nicht.

Nein, diese Botschaft an sich kann mich noch nicht von meinem Geldkomplex erlösen, es kommt nur allmählich wieder ein Gefühl von Daseinsberechtigung über mich, das ich mittlerweile ganz verloren hatte. Lass dir sagen, liebe Maria, es sind nur zwei Dinge, die einem dies Gefühl geben … Geld und Liebe. Soll es ganz richtig sein, so sind es beide zusammen, aber wann ist wohl das Leben einmal ganz richtig? Und fehlt eines von den beiden, so kann man sich immerhin mit dem anderen trösten. Fehlen aber beide, wie jetzt, wie hier … nun, alles in allem ist es doch ein etwas trüber Aufenthalt. Mit Geld könnte ich fortgehen, aber es ist keines da; mit Liebe könnte ich fortgehen, aber es fehlt jedes geeignete Objekt. Der Atheist ist mir zu jung, Lukas zu seriös und mit Henry bin ich allmählich zu gut befreundet. In den Arzt verliebt man sich nur, wenn man hysterisch ist, und unser würdiger Professor eignet sich wenig dazu.

Ich fahre erst heute fort. Der Miterbe war hier, man hat sich ernst und korrekt die Hand geschüttelt und doch ein wenig wie zwei Überlebende nach einem Schiffbruch, die nun nähere Bekanntschaft miteinander machen. Man widmete dem Verstorbenen einige geziemende Worte, und das war wirklich anständig, denn er hat bei seinen Lebzeiten wenig Sympathie für uns an den Tag gelegt und unser beider Treiben, soweit es ihm bekannt wurde, meistens missbilligt. Aber wir waren jetzt einig, ihm das nicht mehr nachzutragen. Dann war vom Begräbnis die Rede. Der alte Herr will in seiner Familiengruft beigesetzt werden, und das ist ungemein schwierig, weil wir, die beiden einzigen Nachkommen, im Moment nicht über die Mittel verfügen, ihn dorthin zu geleiten. Diese Frage bleibt also noch ungelöst. Dagegen wird morgen am Sterbeort eine Einsegnung stattfinden. Ich sollte durchaus mitfahren, habe mich aber geweigert. Nie in meinem Leben habe ich solche Sachen mitgemacht, ich habe einen pathologischen Horror davor. Gott weiß, ob der Alte sich nicht auch darüber ärgern würde. Ich habe Angst davor, ihn noch nachträglich zu verstimmen und üble Folgen über mein Haupt heraufzubeschwören.

Allmählich kamen wir dann auch auf die Erbschaft selbst zu sprechen. Er hat das Testament vor einigen Jahren selbst eingesehen, und nach dem, was er sagte, käme eine Summe in Betracht, die uns beiden das Herz höher schlagen lässt. Nun machte aber der alte Herr vor anderthalb Jahren – nachdem er unglücklicherweise von unserem Kontrakt erfahren (vermutlich durch den schnöden Advokaten, der ihn gemacht hat und den wir nicht zahlen konnten) – eine verdächtige Reise in seine Heimat, um ›seine Angelegenheiten zu ordnen‹. Der Miterbe, der eigentlich Bescheid wissen müsste, behauptet zwar, nach dem dortigen Gesetz könne man ihn als den einzigen direkten Nachkommen, falls er nur verheiratet sei, nicht verkürzen. So hat man sich darüber wieder beruhigt. Natürlich muss er sich gründlich um die Sache bekümmern, meint aber, in wenigen Monaten könne alles erledigt sein. Monate – Maria – in Monaten kann alles mögliche passieren, kann man krank werden, sterben, verunglücken oder den Verstand verlieren. In Monaten hat das Geld alle Muße, die ausgefallensten Schikanen zu ersinnen. Monate sind eine schreckliche Zeit, wenn man sie mit Warten zubringt. Ich male mir alle schlimmen Möglichkeiten aus, das ist immer das Beste, um ihnen vorzubeugen. Ängstigt man sich zum Beispiel, es sei jemand ertrunken oder abgestürzt, so kommt er sicher heil zurück, erwartet man ihn aber unbefangen zum Abendessen, so wird er womöglich vom Blitz erschlagen.

Du siehst, ich habe mein System vollständig geändert und wehre mich ebenso verzweifelt gegen jeden Optimismus, wie ich ihm früher huldigte. Und doch, wenn ich morgens aufwache und mich noch nicht genügend beherrsche, denke ich mit scheuer Verliebtheit an dies ferne Geld, das, so Gott will, über kurz oder lang zu mir in Beziehung treten wird.

Natürlich habe ich nur den männlichen Tischgenossen davon erzählt, vor der Witwe hatte ich Angst, sie möchte mich an ihr Herz ziehen, Tränen vergießen und wieder von ihrem Baulöwen anfangen.
Henry nahm es mit derselben Seelenruhe auf wie die sechzehn Kaffern des Herrn Alramseder, und der gottlose Pfarrersohn meinte, sein Vater würde in solchem Falle sicher sagen: Was hülfe es dem Menschen, wenn er die ganze Welt gewönne und nähme doch Schaden an seiner Seele.
»Oder, was kann der Mensch geben, dass er seine Seele wieder löse«, vollendete Lukas.
»Ach, wie gerne wollte ich Schaden an meiner Seele nehmen, wenn ich Reichtümer damit gewinnen könnte.«
»Und ich bin fest überzeugt«, sagte Henry, »dass man mit Geld seine Seele ohne weiteres wieder auslösen könnte.«
Gottfried lächelte fröhlich, seine neue Weltanschauung befestigt sich immer mehr. Henry hat nämlich vor, ihn in Afrika bei den Goldminen unterzubringen, so braucht er nicht mehr unter das väterliche Dach zurückzukehren und könnte seine Psychose ruhig aufgeben.
Doktor Lukas aber wollte ganz genau wissen, wie mir jetzt zumute sei. Er ist etwas enttäuscht, denn er hat es sich wohl so vorgestellt wie in den Zeitungsgeschichten von Flickschustern, die das große Los gewinnen und dann vor freudigem Schrecken die Treppe hinunterfallen oder vom Schlag gerührt werden. Und wie ich mir nun die Zukunft denke?
Ich denke nach … die Zukunft ist noch nicht da, und die Vergangenheit wirkt noch zu stark in mir nach. Mir ist, als sei ich mein halbes Leben Jongleur in einem Zirkus gewe-

sen, wollten die Kugeln nicht mehr richtig fliegen, so warf man mit Flaschen, Tellern oder Messern. Wollte es mit den Händen nicht mehr gehen, so stellte man sich auf den Kopf und jonglierte mit den Füßen weiter. Dabei immer die verdammte Unsicherheit, ob man Herr der Situation bleiben wird oder nicht, bis dann eines schönes Tages die Dinge wirklich streikten, Kugeln, Flaschen, Teller, Messer herunterrasselten und die Zuschauer mich auspfiffen – unter den Zuschauern stellte ich mir meine Gläubiger vor, die bei der Vorführung durchaus auf ihre Kosten kommen wollten. Nein, ich wollte lieber gar nicht über das Geld reden, ehe es da ist. Aber Lukas ließ nicht locker. Wie alle Privatdozenten hat er natürlich ein kleines Vermögen, von dem er bescheiden und sicher leben kann. Der Umgang mit uns hat nun zwar in letzter Zeit seine Begriffe etwas verwirrt, aber manchmal wird er wieder rückfällig und ist nun geradezu besorgt, ob ich mich zu der veränderten Sachlage richtig einstellen werde. So macht er alle möglichen Pläne, wie ich das Geld am besten anlegen solle.

»Anlegen … ?«

»In Goldshares«, rät Henry, »in wenigen Jahren gibt es vermutlich enorme Dividenden.«

»Ja, um Gottes willen, Sie Phantast … wenn Sie Ihren Fluss herausgehoben haben …?«

»Und dem Alramseder einmal definitiv auf den Kopf spucken kann … denn damit steht und fällt die ganze Sache«, sagte Henry ernst.

Der Privatdozent rang die Hände:

»Nein, ich bitte Sie, machen Sie mir die gnädige Frau nur nicht wieder vollends …«

»Sprechen Sie ruhig aus«, sagte ich melancholisch, »es hat jetzt wirklich keine Gefahr mit mir. Wenn das Geld nur erst da ist, werde ich sicher wieder normal.«

»So normal, dass Sie vernünftig damit umgehen? Sagen wir, zum Beispiel, das Kapital nicht angreifen, falls Sie mit den Zinsen auskommen können ... und dass Sie sich nicht auf Spekulationen einlassen, die davon anhängen, ob Ihr Freund Henry dem Herrn Alramseder oder sonst jemandem auf den Kopf spuckt?«

»Sie, Lukas, haben heute wieder einen schrecklichen Rückfall in Ihre nationalökonomischen Komplexe. Leute, die von ihren Zinsen leben, sind viel anormaler. Denken Sie nur plötzlich sterben zu müssen, was jedem passieren kann, und das ganze Kapital liegt noch da, mit dem man sich unendliches Pläsier hätte verschaffen können. Mir würde dieser Gedanke alle Seelenruhe nehmen. Man sollte vielleicht taxieren, wie lange man ungefähr noch zu leben wünscht und danach die Summe einteilen. Bedenken Sie doch auch meinen Geldkomplex, wie soll ich den jemals loswerden, wenn ich mir nicht eine ausgiebige Revanche für alle bisher erlittene pekuniäre Unbill leisten darf?«

»Bitte, hören Sie auf«, bat Lukas, »ich möchte sonst noch Ihrer eigenen Auffassung vom weiblichen Gehirn beistimmen und Sie vom wirtschaftlichen Standpunkt aus völlig aufgeben ...«

»Vor allem ist das Geld ja wirklich noch nicht da«, bemerkte Henry mit unerschütterlicher Miene.

»Erlauben Sie mir wenigstens noch die Frage, wie der Herr ... nun, Ihr Herr Miterbe darüber denkt ... seinen Namen haben Sie uns übrigens immer noch vorenthalten.«

»Er trägt denselben Namen wie ich, da wir miteinander verheiratet sind …«
Hätte ich nur lieber geschwiegen, aber es fuhr mir so heraus und nun musste ich natürlich eine Flut von Aufklärungen geben. Worauf der arme Lukas so angegriffen war, dass er sich für den Rest des Abends zurückzog.
Du weißt, ich rede nicht gern von dieser Heirat, wenn es nicht unbedingt notwendig ist, weil es mich gar so langweilt, immer wieder den Zusammenhang erläutern zu müssen. Wir leben nicht zusammen, wir kennen uns kaum, wir sind keine Ehe, sondern nur ein Kontrakt, und unser einziges gemeinsames Interesse ist eben diese Erbschaft. Manche begreifen das nicht, andere nehmen Ärgernis daran, und ich selber vergesse inzwischen manchmal vollständig, dass ich eigentlich verheiratet bin.
Der Professor erwartet einen neuen Patienten – es ist ein russischer Fürst, und wir sind sehr gespannt auf ihn. Russischer Fürst klingt so angenehm nach Geld und Spleen.

7

Nein, ich weiß immer noch nichts Näheres. Die Testamentseröffnung soll erst nächste Woche stattfinden. Inzwischen hat der Miterbe wenigstens Mittel und Wege gefunden, um selbst hinzufahren und gleichzeitig die sterblichen Überreste des alten Herrn zu überführen. Einstweilen war er immer noch im Bahnhof deponiert. Henry hielt das für sehr bedenklich, weil es immerhin

einen Anstrich von Rücksichtslosigkeit hatte, aber es war beim besten Willen nicht zu ändern.
Dass ihr die Sache äußerst spannend findet, begreife ich, kann aber eure Empfindungen nicht teilen. Ich lasse mich grundsätzlich auf keine Spannung mehr ein, sie schadet mir und beeinflusst die Dinge immer nur ungünstig.
Es war eine glückliche Fügung, dass ich hierher kam. Ich muss die Segnungen dieses Aufenthalts immer mehr anerkennen und kann nur sagen, ein Sanatorium ist doch der einzige geeignete Ort, um auf Erbschaften zu warten. Von der Kur habe ich mich ziemlich emanzipiert, es war nicht mehr zum Aushalten. So habe ich dem Professor auseinander gesetzt, meine Schlaflosigkeit hätte sich in das Gegenteil verkehrt und ich litte jetzt vielmehr an einer veritablen Schlafsucht …, damit er mich nur mit seinen Wickeln und Duschen verschont. Außerdem möchte er mir etwas mehr Bewegungsfreiheit gewähren, denn ich hätte einen verwickelten Erbschaftsprozess und müsse deshalb öfter in die Stadt, um mit einem Anwalt zu beraten. Er gab schließlich nach, aber seine Sympathie für mich, die wohl nie sehr heftig war, nimmt immer mehr ab. Ich glaube sogar, er möchte mich fort haben, denn er machte ziemlich brutale Anspielungen, ob ich nicht zur Nachkur noch in ein Seebad gehen wollte. Henry meint, er hielte mich am Ende für eine Schwindlerin … Es ist schon möglich, denn dass meine Nerven völlig intakt sind, hat er längst durchschaut, vielleicht auch, dass es mit meinen Geldverhältnissen nicht der Fall ist. Der Freudianer hat ihn ja damals brieflich darauf vorbereitet, dass ich erst am Ende meines Aufenthalts zahlen würde … Erbschaftsprozesse

und dergleichen klingt immer etwas nach Schwindel, kein Mensch glaubt an Erbschaften, die noch in der Luft hängen, kurz, er wird in meiner Vorstellung immer mehr zum Gläubiger, und das ist ungemütlich. Vielleicht ist es auch ein Fehler, dass ich nie die Rechnung beanstande; sie wird einem jede Woche ins Zimmer gelegt, und ich sehe, dass andere Patienten, die regelmäßig zahlen, jeden Augenblick Krakeel machen. Das ist eine Gewohnheit aus schlechten Zeiten. Ist man selbst überzeugt, dass man doch nicht wird zahlen können, so kommt es nicht in Betracht, wie hoch die Rechnung wird. Ich kann ihm also sein Misstrauen nicht übel nehmen … wie oft war man schon in ähnlicher Lage und brannte dann irgendwie durch, das mag in Sanatorien ebenso oft vorkommen wie in Hotels.

Um wenigstens etwas glaubhafter dazustehen, habe ich mir einen Rechtsanwalt von ihm empfehlen lassen und bin auch wirklich hingegangen. Was er für mich tun soll, ist vorläufig noch ganz unklar, aber ich bereite ihn darauf vor, dass es eventuell etwas zu tun geben wird, und befrage ihn um tausend Dinge, die ich entweder schon weiß oder gar nicht zu wissen brauche. Im Anschluss daran kann man sich wenigstens etwas herumtreiben, ins Café gehen und dergleichen längst entbehrte Freuden genießen.

Mittlerweile ist auch der schon erwähnte russische Fürst hier aufgetaucht, das heißt, zur allgemeinen Enttäuschung ist er kein Fürst, sondern nur Großgrundbesitzer und heißt Balailoff. Den erhofften Spleen aber hat er im höchsten Maße, und so kommt es auf eins heraus. Wir haben ihn gleich in unseren Kreis gezogen und sind durchaus zu-

frieden mit ihm. Der Spleen zerfällt in zwei Teile, einmal will er sich den Alkohol abgewöhnen lassen, zweitens hat er eine Braut mit und will hier heiraten.
Dieser Balailoff ist eine gute Ablenkung, denn er erzählt beständig von seinen Angelegenheiten, und wenigstens in seiner Gegenwart müssen wir unsere Geldgespräche suspendieren, schon weil er augenscheinlich über schwindelhafte Mittel verfügt und unsere Komplexe nicht verstehen würde. Statt dessen drehen wir uns mit um seine Heiratsangelegenheiten und seinen Alkoholismus. Mit der Braut dagegen haben wir vergebens versucht uns in Fühlung zu setzen. Sie bewohnt einen Extrapavillon, zieht sich sehr zurück und weiß uns nicht zu schätzen. Es macht den Eindruck, als ob sie ihn zu dieser Entziehungskur veranlasst hätte und beständig mit dem Professor komplottiert. Er selbst schimpft bei jeder Gelegenheit darüber, dass er hier so überwacht wird, und für die Momente, wo er es nicht mehr aushalten kann, hat er sich schon eine Art Weinkeller in Henrys Büro eingerichtet. Die beiden haben sich nämlich in einem großen Spekulationsobjekt gefunden. Balailoff hat, wie so viele Russen, auf irgendwelche Weise sein Anrecht auf einen Pass verwirkt, kann deshalb nicht mehr nach Russland zurück und möchte seine dortigen Ländereien verkaufen. Da, wie er erzählt, ergiebige Petroleumquellen in der Gegend sind, riet Henry ihm, statt dessen eine Aktiengesellschaft zu gründen, und er ist Feuer und Flamme dafür. Sie sitzen beständig im Büro, machen Kostenanschläge und rechnen. Kommen sie dabei zu einem Resultat, das sie besonders begeistert, so wird es auf Balailoffs Verlangen ›begossen‹, und wir haben dann unsere

liebe Not, ihn soweit zu zähmen, dass der Professor und die Braut nichts merken. Sie begleitet ihn nur selten bei seinen Ausgängen, sondern sitzt in ihrem Pavillon, spielt Klavier und verachtet uns alle miteinander.

8

Ich hab' euch verwöhnt, Maria, mit meinem vielen Schreiben. Wenn ich einmal vierzehn Tage schweige, seid ihr schon unzufrieden. Denkt nur nicht, dass es immer so fortgehen wird. Ich bin gewiss dir und euch allen so zugetan wie immer und war es auch in Zeiten, wo man überhaupt nichts voneinander hörte, aber dass ich jetzt so endlose Briefe schreibe, geschieht wohl mehr mir selbst zuliebe und weil ich so viel überflüssige Zeit habe. Habe ich aber zur Abwechslung einmal keine Lust, so lasst mich in Ruhe.
Ja, also, kurz nach meinem letzten Schreiben kam ein Telegramm vom Miterben: »Beisetzung erfolgt. Testamentseröffnung verschoben, da selbes noch nicht aufgefunden. Anwalt meint vierhunderttausend pro Kopf.«
Dieser unleidliche Privatdozent tut nun wirklich, als hätte ich das große Los gezogen. Ich finde ja auch, es sind recht angenehme Aussichten, aber durch die Schwierigkeiten der letzten Jahre sind meine Ansprüche ins Ungeheuerliche gewachsen und es gibt keine Summen mehr, die ich als überwältigend empfinden würde. Das Revanchebedürfnis ist eben zu groß geworden.
Lukas handelt mit mir wie Abraham mit dem lieben Gott um die Gerechten von Sodom, wie viel ich festlegen soll

und wie viel ich verjubeln darf. Ich höre andächtig zu und träume dabei von einer Reise nach Siam – ich weiß nicht, warum mich gerade das so besonders lockt – von Kleidern, Pferden, Landhäusern, kurz, ich übersetze mir die Zahlen in erfreuliche Wirklichkeiten. Vor einem halben Jahr hätte der Gedanke an ein gesichertes Dasein noch etwas Verlockendes für mich und Lukas vielleicht mehr Glück mit seinen Mahnungen gehabt … sich rangieren, auskommen, Ruhe haben … Aber das Geschick hat den Bogen zu sehr überspannt. Existenz, wirtschaftliche Basis und dergleichen sind mir zu fratzenhaften Begriffen geworden, unter denen ich mir nichts mehr vorstellen kann. Sie haben mich so gräulich verhöhnt, dass ich nur noch in derselben Tonart antworten kann. Meinst du, ich wäre je wieder im Stande, ohne die qualvollen Zwangsvorstellungen eine Wohnung zu mieten, mit einem Hausherrn zu verhandeln, Möbel zu kaufen, Dienstboten zu engagieren, Milchfrauen, Petroleum- und Kohlenmänner ins Haus kommen zu sehen? Ich fürchte, ich werde überhaupt nie wieder wohnen können, nur mehr logieren, ganz oberflächlich, vorsichtig und ohne Zusammenhang. In der Beziehung ist etwas in mir gebrochen, was nie wieder ganz werden kann …
Recht ungeschickt kam gerade in diesen Tagen Doktor Baumann, der Freudianer, hier an. Ich hoffte, er sei selbst etwas erholungsbedürftig und würde sich erst ausruhen wollen. Aber nein, er brennt vor Tatendurst und wollte mich sofort seiner Analyse unterziehen. Ich meinte darauf, wir sollten jetzt doch lieber die Entwicklung der Dinge abwarten, dann wäre es vielleicht gar nicht mehr nötig, aber er lässt sich nicht überzeugen. Im übrigen ist er sehr nett, und man freut

sich hier über jeden Zuwachs der Gesellschaft, so muss ich denn wohl oder übel in den sauren Apfel beißen und mich von ihm behandeln lassen. Nachdem er mich hier untergebracht und akkreditiert hat, ich mich außerdem andauernd schlecht benehme und dem Professor ein Dorn im Auge bin, kann ich jetzt unmöglich sagen: Lassen Sie mich in Ruhe, ich halte Ihre Behandlung für einen Schmarrn und bin mehr als je überzeugt, dass mein Leiden nur durch positives Geld zu heilen ist. Im Gegenteil, ich bin einfach verpflichtet auch diesen Kelch zu leeren, wie ich vorher die Wickel und Duschen über mich ergehen ließ. Wirtschaftliche Kräche haben manchmal unübersehbare Folgen ... weiß der Himmel, was alles für Kuren an Leid und Seele ich noch durchmachen muss, bis die Erbschaft fällig ist.

Ich fand es anfangs ganz hübsch und stilvoll, einen Komplex zu haben, man konnte vor sich selbst und anderen sich immer darauf berufen, anstatt einfach zu sagen: ich bin verzweifelt, außer mir, schlechter Laune usw. Aber ich finde es hart, sich nun deshalb so anstrengen zu müssen, und es ist wirklich ein Stück Arbeit, bis man all diese verwickelten Sachen begriffen hat. Verlange nur nicht, dass ich dir einen populär verständlichen Vortrag darüber halte. Mein Wunsch geht mehr dahin, euer Mitgefühl zu erwecken, als euer Wissen zu bereichern. Wie schon die Bezeichnung Psychoanalyse sagt: Man analysiert die Psyche, wie wir einst in der Schule deutsche Grammatik analysierten, ohne jemals zu begreifen, wozu das gut sei. In diesem Fall analysiert natürlich der Arzt, und man hat nur darauf einzugehen. Er fragt, fragt und fragt, und ich soll nur antworten, aber eben das ist gar nicht so leicht.

Die Komplexe kommen angeblich dadurch zustande, dass man die betreffenden Dinge, Gedanken, Wünsche und ähnliches von sich weggeschoben, mit dem technischen Ausdruck verdrängt hat, natürlich immer ins Unterbewusstsein. Das lassen sie sich unter Umständen nicht gefallen, sondern brechen aus und toben dann im Oberbewusstsein herum.
Nun ist er beständig unzufrieden, weil ich nicht das antworte, was er möchte. Er begann seine Erörterung damit, fast jeder Komplex beruhe auf verdrängter Erotik – mir schien, als erachte er ihn nur dann für vollwertig und wollte auch in meinem Falle versuchen, ihn auf diesen Ursprung zurückzuführen. Etwa so: Wenn jemand sein ganzes oder halbes Leben lang vor allem nach Geld trachtet, muss er viele andere, lebendigere Regungen, wie vor allem die erotischen, unbedingt verdrängen …
Dass ich in der Verdrängung der ›Erotik‹ Erhebliches geleistet habe, konnte ich nun wirklich beim besten Willen nicht behaupten … im Gegenteil, es wäre mir und meinen Finanzen sicher besser gewesen, ich hätte es mehr getan. Die Sache stimmte also nicht und wir konnten uns nicht recht einigen. Ich musste ihm dann einiges über meinen Lebensgang sagen, was ihn wiederum enttäuschte, denn er konnte mir durchaus nichts Anormales, Psychotisches, Neurotisches und wie das alles heißen mag, nachweisen. Wieder mein altes Pech, dass ich zu unkompliziert bin, es wird einem in so manchen Kreisen und Lebenslagen übelgenommen, besonders wenn man erst Hoffnungen auf das Gegenteil erweckte.
Was für eine Rolle das Geld in meiner Kindheit und ersten Jugend gespielt hätte? … Auf diese Zeit sollen die

meisten ›Komplexbildungen‹ zurückgehen. Gar keine, absolut gar keine … du weißt, es gibt interessante Kinder, die stehlen oder schwindeln, ohne es nötig zu haben, zum Beispiel Scheine entwenden und in Gold umwechseln, um damit zu spielen, aber ich fand nichts Derartiges in meinen Erinnerungen. Wir hielten es als Kinder für überflüssig und armeleutehaft, sich um Geldfragen zu bekümmern und sahen verächtlich auf andere herab, die gegenseitig das Vermögen ihrer Eltern taxierten und darüber Bescheid wussten. Und späterhin war es eigentlich dasselbe: Geldnot? … Das kann doch nicht Ernst sein … und selbst welches herbeischaffen müssen? Ein schlechter Scherz, zu dem man gute Miene macht, solange er nicht überhand nimmt …

»Und mit starken Unlustgefühlen verknüpft?« schaltete der Doktor ein.

»Allerdings!«

Gut, er kam allmählich auf die Spur. Es war eben umgekehrt, als wie er anfänglich gemeint hatte. Das Geld selbst war verdrängt worden, nicht die anderen Dinge, und ich war also doch etwas anormal. Gott sei Dank, ich hab' so gern, wenn die anderen mit mir zufrieden sind.

Man stellte also einen Geldkomplex in absoluter Reinkultur fest, mit Erotik hatte er gar nichts zu tun. Dann ging es ungefähr so weiter, dass in den meisten Fällen durch nervöse, in meinem durch akute finanzielle Erkrankung die einst verdrängten Dinge plötzlich bewusst und nun ›überbetont‹ werden … (siehe wirtschaftliche Krisis). Mir wurde ganz elend dabei, all diese Erinnerungen wieder aufzuwühlen, aber es half nichts – die Vorgänge, die den

Komplex bewirkt haben, müssen reproduziert, d. h. noch einmal bewusst erlebt werden, damit der Arzt sie einem dann ausreden kann.

Dann fing ich meinerseits an zu fragen. »Wenn nun die Erbsache doch noch schief ginge – man kann ja nie wissen –, wie soll ich mich dann mit dem Professor auseinandersetzen? Glauben Sie, dass er sich als Gläubiger ...«

»Aha, da haben wir die für den Komplex charakteristischen Angstvorstellungen«, sagte Baumann befriedigt.

»Ja, und die habe ich auch in Bezug auf Sie ...«

»Auf mich ?«

»Natürlich ... Sie haben doch hier gewissermaßen die Verantwortung für mich übernommen, und offen gesagt, mich plagt der Gedanke, dass Sie damit hereinfallen könnten, wenn ...«

Er hat sich dann ausführlich nach der Erbschaft und ihren näheren Umständen erkundigt, und man vertiefte sich so in dieses Thema, dass es zu spät wurde, um mit der Behandlung fortzufahren.

Aber unerbittlich nimmt er mich jeden Tag eine Weile vor. Es ist ein Kreuz, und ich muss doch tun, als nütze es etwas. Die Heilung soll nämlich dadurch geschehen, dass man dem Patienten eine andre Einstellung gibt. Bei mir gibt es nur zwei Möglichkeiten, und man braucht eigentlich keinen Psychiater, um das einzusehen. Nämlich entweder müsste man die durch Faulheit, Bequemlichkeit usw. verdrängte Energie wieder mobil machen und auf irgendeine zweckmäßige Weise zu Geld kommen oder aber sich darauf einstellen, es unwichtig zu finden und entbehren zu können ... Das ist natürlich nur ein unvollkommen wiedergegebener Extrakt, im Munde des Arztes klingt es ganz schön, ausführlich, umständlich und einleuchtend. Aber was soll man damit anfangen, das alles kann ich mir ebenso gut selbst vorerzählen und ändere doch nichts damit.

Lieber schwätze ich über andere Sachen mit ihm und hetze ihn und Henry möglichst aufeinander. Henry kann es viel besser als ich, er nimmt es mit ähnlichem Ernst wie seine Spekulationen. Ich habe das Gefühl, dass er nach allen Seiten hin erwägt, wie man ein zerrüttetes Nervensystem sanieren, etwas Neues darauf gründen oder einen unhaltbaren inneren Zustand liquidieren könnte.

Genug und übergenug davon. Ich fürchte, sonst entdeckt ihr gar noch eure eigenen Komplexe und wollt immer mehr darüber wissen. Und ich bin doch schließlich nicht im Sanatorium, um über die Qualen, die ich hier ausstehen muss, auch noch Abhandlungen zu schreiben.

9

Wieder ein Telegramm des Miterben. Der Anwalt habe sich geirrt, es könne sich doch wohl höchstens um dreihunderttausend handeln.

Seine Berichte sind neuerdings ein wenig konfus und bestehen zumeist in telegrafischen Vermutungen. Gott weiß, ob sie das Testament nun wirklich gefunden haben, und ob es überhaupt wahr ist, dass man es nicht gleich fand. Uns kommt das etwas merkwürdig vor, aber die Sache spielt sich in so weiter Ferne ab, dass man unmöglich näheren Einblick gewinnen kann. Eröffnet kann es jedenfalls noch nicht sein, sonst müsste er doch Genaueres wissen. Lukas findet das sehr beunruhigend, er traut dem Miterben, wie allen anderen, die damit zu tun haben, nicht recht und bot mir sogar eine Leihsumme an, um selbst hinzufahren.

Nein, ich danke, ich werde mich hüten, das Geld durch meine persönliche Einmischung noch rebellischer zu machen. Wie man sieht, haben schon hunderttausend rebelliert, eben die hunderttausend, die nach Lukas' Aufstellung zu meiner freien Verfügung bleiben sollten. Er fand das schon vollkommen wahnsinnig.

»Jetzt müssen Sie aber unbedingt das Ganze auf Zinsen legen«, erklärte er beinah zornig, »und die Reise nach Siam streichen.«

»Warte erst einmal ab, wie die Petroleumgeschichte sich gestaltet«, warf Henry ein. »Ist die Gegend wirklich so ergiebig, wie wir annehmen, so werden die Aktien in kurzem horrend in die Höhe gehen und alles wird sich darum reißen. Jedenfalls muss man sich rechtzeitig eine gute Anzahl sichern, sobald die Gesellschaft konstituiert ist.«

Lukas warf einen Blick gen Himmel. Das ist ihm schon ganz zur Gewohnheit geworden, sobald er Henry reden hört.

»Wollen Sie sich nicht bald einmal von Doktor Baumann analysieren lassen, lieber Henry«, fragte er.

»Oh, wir haben schon damit angefangen.«

»Findest du, es nützt etwas?« fragte ich beklommen. Gerade als er sich darüber auslassen wollte, kam Baumann selbst, und Lukas wandte sich sofort an ihn.

»Ich bin, wie Sie wissen, nur Laie«, sagte er, »die Psychiatrie ist ein Gebiet, das mir völlig fern liegt. Gelingt es Ihnen aber, diese beiden Herrschaften zur Vernunft zu bringen, so gehöre ich von Stund' an zu Ihren fanatischen Anhängern und mache enorme Propaganda für Sie.« (Lukas ist dort, wo er doziert, eine einflussreiche Persönlichkeit und hat glänzende Beziehungen. Baumann brennt darauf, Karriere zu machen und selbst eine Anstalt zu übernehmen, wo nach seiner Methode wunderbare Heilungen gemacht werden.)
Er, Baumann, lächelte so geschickt, dass keiner der Beteiligten sich verletzt fühlen konnte, Henry aber meinte:
»Besser, Sie lassen sich erst einmal von mir gründen, ich habe da von einer verkrachten Aluminiumgesellschaft einige Terrains an der Hand, die sich ungemein billig stellen würden, und die Aktionäre haben wir bald beisammen. Balailoff geht zum Beispiel todsicher mit, sobald die Petroleumsache gedeichselt ist ...« Sein Blick nahm allmählich jene sonderbare Starrheit an, die ihm manchmal eigen ist ... er rechnete ... machte Überschläge ... erlag seinem Komplex. Und Baumann meinte, es sei der geeignete Moment für eine analytische Séance, worauf wir anderen uns diskret entfernten.

Das ist schon wieder ein paar Tage her. Henry ist gestern nach Russland gefahren, um das Petroleumgebiet in Augenschein zu nehmen. Balailoffs Sekretär begleitet ihn als Dolmetscher. Balailoff hat nämlich ein Gefolge bei sich, das aus eben diesem Sekretär, zwei Dienern und einem alten russischen Popen, seinem früheren Erzieher, besteht.

Dieser letztere wird hier ebenfalls saniert, ob auch wegen Alkoholismus, haben wir noch nicht feststellen können. Er ist ein friedlicher, würdevoller Herr, der fast nie aus seinem Zimmer heraus kommt und außer Russisch keine lebende Sprache spricht. Lukas und die Ärzte reden lateinisch mit ihm, und ich suche manchmal in meiner Erinnerung aus den Grammatikstunden meiner Brüder oder aus der Religionsstunde, um ihm etwas Liebenswürdiges zu sagen. Aber es stimmt meistens nicht recht. Gottfried wurde letzten Mittwoch aus der Kur entlassen, um nach Hause zu fahren. Statt dessen hat er sich in der Stadt versteckt gehalten und jetzt heimlich mit Henry die Petroleumfahrt angetreten ... er war überglücklich. Seine Eltern haben schon dreimal telegrafiert, und kein Mensch begreift, wo er geblieben ist. Dummerweise bekam ich nun gerade eine Depesche aus Finnland. »Endlich aufgefunden. Eröffnung noch durch Formalitäten verzögert ... « Der Professor bat mich dringend zu gestehen, dass das Telegramm mit dem vermissten Jungen zusammenhinge. Ich beteuerte mit gutem Gewissen: Nein. Er glaubte mir nicht, und nur, um ihn zu beruhigen, gab ich es ihm schließlich zu lesen. Dadurch wurde die Sache nun noch schlimmer, er war jetzt vollkommen überzeugt, dass es sich um Gottfried handle, dass man eben ihn in Finnland aufgefunden, er Selbstmord begangen habe oder verunglückt sei und – »Eröffnung durch Formalitäten verzögert« – seziert werden solle. In seiner erhitzten Medizinerphantasie schien ihm das vollkommen klar ... Aber die Unterschrift – der Miterbe trägt als mein Gatte bekanntlich denselben Namen wie ich – und das Rätsel, wieso ich diese Nachricht an mich selbst

aus Finnland telegrafiere, konnte er denn doch nicht klein kriegen, und ich verfiel darüber in ein solches Gelächter, dass er immer zorniger wurde … Schon vor Wochen hätte ich ihm von einem Erbschaftsprozess erzählt und nun sollte das Testament noch nicht einmal eröffnet sein? … Und mit diesem Herrn verheiratet … bisher hätte ich mich doch immer als geschiedene Frau ausgegeben und könne nun wirklich nicht verlangen, dass man mir noch ein einziges Wort glaube. Es war eine recht nette Szene und mir blieb schließlich nichts übrig, als zu gestehen, dass ich wüsste, wo der Junge sich aufhielte, und dass er es seinen Eltern demnächst selbst mitteilen wolle.
Der Professor war zuletzt völlig sprachlos und schickte mir später einen Brief aufs Zimmer. In dem Brief schlug er mir vor, ich möchte mich doch lieber in ein anderes Sanatorium begeben, falls ich es überhaupt noch für nötig halte. Nun, Baumann hat die Sache dann mit vieler Mühe wieder ins Geleise gebracht, und ich war ihm sehr dankbar. Wo hätte ich auch hingehen sollen? Ich bleibe also da und gebe mich, nachdem der Sturm ausgetobt hat, einer wohlverdienten Ruhe hin.
Es herrscht hier jetzt eine gewaltige Sommerhitze. Da außer Henry keiner von uns etwas zu tun hat, sitzen wir fast den ganzen Tag auf der Terrasse. Morgens ist man noch halbwegs munter, liest Zeitungen oder unterhält sich. Nachher liegt alles wie tot in den Klappstühlen umher und hält sich gegenseitig für mehr oder minder vertrottelt. So behauptet Lukas, es mache ihn schon nervös, wenn unten auf dem See Dampfschiffe vorbeifahren oder Möwen flattern. Er empfindet das als eine unerhörte

Kraftvergeudung. An ganz besonders schwülen Tagen verständigt man sich nur durch Pantomimen oder in der Hitzsprache – das heißt, man lässt alle irgendwie entbehrlichen Worte und Silben weg oder markiert sie nur.
Das geistige Niveau ist dabei etwas gesunken. Unsere Hauptunterhaltung besteht darin, die anderen Patienten zu beobachten und sich über sie zu mokieren, sofern sie auch nur den geringsten Anlass dazu bieten. So empfanden wir es als wahres Glück, als letzthin ein neuer Patient auftauchte, der allerhand Eigentümlichkeiten hat. Er zieht sich selbst bei der unerhörtesten Gluthitze immer schwarz an, hat außerdem schwarze Haare, schwarzen Bart und kohlschwarze Augen ... die ersten Male, wenn er plötzlich die weiße Steintreppe hinaufkam, wirkte er wie der leibhaftige Gottseibeiuns. Aber in dem Moment, wo er an seinem Platz saß und seine Mahlzeit serviert bekam, fiel uns sein wirklich verblüffend intelligenzloser Ausdruck auf. Wir meinten einstimmig, noch nie gesehen zu haben, dass jemand Gegenstände oder Personen so überaus dumm anschauen könne wie dieser Herr mit dem dämonischen Exterieur den servierenden Diener oder auch seinen Teller und die Apollinarisflasche. Außerdem hat er die Gewohnheit, ehe er anfängt zu sprechen, immer erst ein paarmal langsam und bedächtig mit den Kinnladen zu klappen. Kurz, er macht uns inniges Vergnügen. Wir haben ihn den schwarzen Idioten genannt und genießen es mit wahrer Andacht, wenn er mit seinem leeren, stupiden Blick zu uns herüberschaut ... er scheint sich sehr für uns zu interessieren und möchte sicher gerne nähere Bekanntschaft mit uns machen.

Ja, so gehen die Tage hin, und wir ersehnen Henrys Rückkehr, denn Balailoff macht uns viel zu schaffen. Wie ich dir schon erzählte, will er heiraten und bildet sich ein, das sei hier an der italienischen Grenze leichter zu bewerkstelligen wie anderswo. Ich fürchte, er irrt sich darin, denn sie sind beide Ausländer, und zwar in so hohem Maß, dass es fast unmöglich scheint, mit den Papieren jemals ins Reine zu kommen. Vor allem hat er keinen Pass, und es besteht nur eine schwache Möglichkeit, durch persönliche Verbindungen und in unabsehbarer Zeit wieder einen zu erwirken. Die Braut ist angeblich in einem Hotel auf Spitzbergen geboren und weiß nicht, wo ihre Eltern beheimatet waren. Man bemüht sich also immer noch vergeblich ihre Staatsangehörigkeit festzustellen. Da er nun kein Wort Italienisch versteht und im Verkehr mit Behörden ungemein reizbar ist, appelliert er beständig an uns. Tag für Tag müssen wir die Angelegenheit von A bis Z mit ihm durchnehmen, auf neue Mittel und Wege sinnen, Briefe oder Gesuche aufsetzen und was sonst noch dazu gehört. Ich versuchte vergebens, ihn auf meinen Rechtsbeistand abzuschieben, der das alles sicher besser machen könnte. Mit eben diesem Rechtsbeistand ist es allmählich auch eine dumme Situation. Um für ein paar Stunden aus der Anstalt zu entrinnen, muss ich ihn zwei- oder dreimal in der Woche aufsuchen und überflüssige Fragen an ihn richten … er hält mich sicher schon für die größte Gans auf Gottes Erdboden. Balailoff aber hat einen ausgesprochenen Anwaltskomplex, behauptet, alle Advokaten seien Gauner und Schurken und arbeiteten nur in ihre eigene Tasche. Er scheint reizende Erfahrungen mit ihnen gemacht zu haben. Vielleicht liegt es auch an den russischen Zuständen …

Man hat es nicht leicht auf der Welt, liebe Maria, und mit diesem Stoßseufzer will ich für heute abbrechen.

10

Teufel … der alte Herr hat uns aufs Pflichtteil gesetzt! Auf den Gedanken war überhaupt noch keiner von uns gekommen, aber ich sehe, auch Erben gehört zu den Sachen, die man erst lernen muss.
Das Telegramm kam, als wir gerade einmütig auf der Terrasse saßen … Henry ist auch wieder da.
Ich behaupte ja glücklicherweise bei schlechten Nachrichten meine Haltung immer besser als bei guten, und es ist draußen so heiß, dass man sich nicht auf Emotionen einlassen kann. Immerhin fühlte ich mich doch unangenehm berührt und gab die Depesche gleich an Lukas weiter. Der sprang trotz aller Hitze auf und ging wie ein zorniger Löwe hin und her. Ja, er war beinahe gereizt gegen mich, weil seine Ratschläge mit dem festgelegten Kapital jetzt definitiv vereitelt sind und ich nicht umhin konnte, wenigstens über diesen Umstand ein wenig zu triumphieren. Dann aber war er schamlos genug, zu sagen, in diesem Falle müsse ich mir unbedingt eine Leibrente kaufen, um doch wenigstens irgendwie gesichert zu sein.
»Pfui nein … das bloße Wort … « Baumann lächelte. »Sie wissen, lieber Doktor, ich leide überhaupt an Wortidiosynkrasien … Leibrente klingt mir nach Leibweh, Leibbinde, Kamillentee, alten Tanten … es hat etwas durchaus Degradierendes.«

»Diese Wortidiosynkrasie fügt sich dem Geldkomplex vollkommen ein. – Vermutlich fühlten Sie sich als Kind degradiert und eingeengt, wenn man Sie mit einer Leibbinde und Kamillentee, womöglich noch unter Obhut einer alten Tante, ins Bett steckte ... Aus dieser Erinnerung heraus machen Sie nun eine Ideenassoziation mit dem Wort Leibrente, um das eingeengte Dasein, was eine solche bieten würde, abzulehnen.«

»Sie fangen an mich zu überzeugen.«

»Und ich fühle immer weniger Veranlassung, für Ihre Lehre Propaganda zu machen«, warf Lukas wütend hin.

»Ich spreche als Psychiater und nicht als Moralist.«

»Tue ich das etwa?« Und sie gerieten sich ein wenig in die Haare, weil keiner Moralist sein wollte.

Henry hatte seine stille Freude daran und meinte, als sie ausgetobt hatten, es sei doch unvorsichtig gewesen, den alten Herrn so lange im Bahnhof stehen zu lassen. Ich musste dem widersprechen, denn das Testament hat er jedenfalls schon vorher gemacht, und ein posthumer Fluch, wenn er auch noch so kräftig war, konnte nichts mehr daran ändern. Und nachdem man diese Schändlichkeit erfahren hat, lag wirklich kein Grund zu übertriebener Rücksichtnahme mehr vor. All unser Takt ist verschwendet gewesen.

Sodann erwogen wir ohne jede innere Überzeugung, ob das Testament am Ende gefälscht, untergeschoben oder irgend etwas Ähnliches sein konnte. Und alle rieten, es doch auf jeden Fall anzufechten. Dann könnte ich wenigstens meinen Rechtsbeistand beschäftigen. Ich will es mir immerhin überlegen.

Balailoff hatte, da lebhaft durcheinander geredet wurde, nur die Hälfte und auch die falsch verstanden. Er meinte entschieden, es handle sich um ein besonders frohes Ereignis, und schlug vor es zu begießen. Folglich brach man auf, begab sich ins Büro und begoss dort gleich alles miteinander, das Pflichtteil, Henrys Erfolge in Russland und die Zukunft im allgemeinen. Das Petroleumunternehmen hat er inzwischen tatsächlich in die Wege geleitet und sagte mir im Vertrauen, es sei eine der besten Sachen, die er jemals an der Hand gehabt habe, wenn sie so ausschlüge, wie man mit gutem Recht annehmen könne. Ganze Berge von Zeichnungen und Schriftstücken hat er mitgebracht, die sie nun mit Enthusiasmus zusammen durchsehen und bereden. Dafür hat er den Sekretär als Aufseher dort gelassen, womit Balailoff nicht ganz einverstanden war, und Gottfried ist dageblieben, um wiederum den Sekretär zu beaufsichtigen.

Das Büro hat allmählich etwas Heimatliches bekommen, das uns allen wohl tut, einige gemütliche Stühle, der Goldfluss auf seinem schwarzen Postament, auf der einen Seite des ungeheuren Schreibtisches die Gläser und Flaschen, die man zum ›Begießen‹ braucht, an der anderen Henry und Balailoff vor ihren Papieren … In unsere gedämpfte Unterhaltung fallen Bruchstücke der ihren hinein, wie: Dividenden ausschütten … Gewinn- und Verlustkonto … Reservefonds …

Baumann examiniert mich ein wenig über die Wirkung dieser letzten Nachricht. Ich möchte ihm so gerne interessantes Material darüber liefern, kann aber nur sagen, dass es mich zu meiner eigenen Verwunderung ziemlich kalt lässt. Viel oder wenig, ich will nur endlich einmal Geld sehen, momentanes Geld, das wirklich da ist. Vielleicht bin ich mit dem Pflichtteil sogar besser dran, weil es für ein Existenzprogramm eben doch wieder nicht langt und das Rechnen und Kopfzerbrechen ganz zwecklos sein würde.

Andererseits bestätigt sich wieder einmal meine Ahnung, dass es, das Geld, nichts mehr mit mir zu tun haben will. Die Tatsachen reden deutlich genug ... von einer Art Kapital ist es erst um ein Viertel zurückgegangen, dann auf Pflichtteil. Was kann nun noch kommen? Vielleicht verwandelt es sich aus Rubeln in Kopeken und aus Kopeken in Sand und Steine.

»Und vielleicht gelänge es Ihnen dann eher, aus Sand und Steinen eine wirtschaftliche Basis zu schaffen«, sagte Lukas niederträchtig, »denn es möchte das umgekehrte Wunder bewirkt werden, dass Ihr Wille endlich einmal wach würde. Denken Sie nur einmal an die ungeheure Anzahl von Mädchen und Frauen, die mitten im Berufsleben stehen und sich ihr Brot selbst verdienen, anstatt darüber zu philosophieren, dass und warum sie kein Vermögen haben.«

»Der Beruf der Frau ist in erster Linie Gattin und Mutter«, erklärte ich nicht ohne Pathos, »und dem bin ich nach besten Kräften nachgekommen. Ich bin nun schon zum zweiten Mal verheiratet und habe ein Kind aus erster Ehe. Es ist vorläufig bei Bekannten untergebracht, bis meine Geldverhältnisse sich wieder etwas gelichtet haben. Aber alles das wollen Sie natürlich nicht als soziale Leistung anerkennen, sondern denken lieber darüber nach, wie Sie mir zu irgendeiner entsetzlichen Stellung im Berufsleben verhelfen könnten. Ich habe den größten Respekt vor jenen Mädchen und Frauen, die sich selbst durchbringen, wenngleich ich es für eine bedauerliche Verirrung der Vorsehung halte, das sie dazu gezwungen sind. Sie sind überhaupt der ungerechteste Mensch, der mir jemals begegnet ist, sonst müssten Sie doch zugeben, dass ich das wirtschaftliche Problem auf meine Weise auch gelöst habe … Ich hatte nie ein festes Einkommen, nie einen bestimmten Beruf, sondern nur vorübergehende Tätigkeiten, bei denen nicht viel herauskam, und doch habe ich eine ganze Reihe von Jahren ›existiert‹, vielleicht sogar besser und angenehmer gelebt wie manche andere mitsamt ihrem Beruf.«

»Das Endresultat war aber doch …«

»Das kann jedem passieren, das Endresultat steht immer in Gottes Hand. Erinnern Sie sich nur an den Baulöwen.«

»Der Baulöwe war meiner Ansicht nach ein Hochstapler …«

»Aber ein schlechter«, sagte Henry vom Schreibtisch herüber mit einem tiefen Seufzer. »Wenn schon, denn schon. Aber er hat konsequent zu tief gestapelt. Ich habe mir alle Mühe gegeben, mit den Gläubigern zusammen seine verkrachte Zementfabrik neu zu gründen, aber nichts zu machen. Die Witwe ist jetzt selbst überzeugt, dass er ein unverbesserlicher Baulöwe war.«

»Dann ist sie wenigstens ihren Komplex los, ohne sich analysieren zu lassen«, meinte ich nicht ohne heimlichen Neid.

»Er wird schon wiederkommen, gnädige Frau«, antwortete Baumann zuversichtlich.

Henry vertiefte sich wieder in seine Papiere, und ich hoffte vergebens, Lukas sei von seinem Thema abgelenkt.

»Soviel glaube ich jetzt doch von Doktor Baumann gelernt zu haben«, fuhr er unerbittlich fort. »Sie leisten geradezu Hervorragendes in der Verdrängung alles dessen, was Ihnen nicht passt. So wollen Sie jetzt wieder das Endresultat Ihrer – Pardon – etwas merkwürdigen wirtschaftlichen Betätigung mit allgemeinen Redensarten beiseite schieben. Das Endresultat war eben doch, dass Sie – abermals Pardon, gnädige Frau – vollständig am Ende Ihrer Weisheit und Ihrer ökonomischen Möglichkeiten angelangt waren ... Wäre der alte Herr nicht gestorben ...«

»Er ist aber doch gestorben, und ich führe hier ein ganz annehmbares Leben, ja, ich hatte schon lange nicht mehr in diesem Maß das Gefühl einer geordneten Existenz. Meine Gläubiger wissen nicht, wo ich bin, man kann mir nichts mehr nehmen, da ich keine eigene Einrichtung mehr besitze. Der Professor wagt nicht, mich hinauszuwerfen, weil sein Guthaben dann zweifellos nie mehr beglichen würde. Er bekümmert sich sogar darum, ob ich gut schlafe, was noch nie ein Gläubiger tat. Man bringt mir morgens den Kaffee ans Bett ...«

»Das ist jedenfalls die Hauptsache«, sagte er mit bitterem Hohn.

»Es fällt wenigstens sehr ins Gewicht.«

»Und wenn nun eines Tages die raue Wirklichkeit wieder an Sie herantritt, das Pflichtteil verbraucht ist ...«

»Lassen Sie es doch um Gottes willen erst einmal da sein. Aber so machen Sie es mir mit Ihren wirtschaftlichen Komplexen noch vollends kopfscheu.« Baumann lächelte beifällig, er hat neulich schon zugegeben, dass Lukas zum mindesten stark ›konstelliert‹ ist.

»Ja, Sie bringen mir sicher Unglück mit Ihrem ewigen Disponieren. Wer weiß, ob Sie mir nicht die ursprüngliche Summe nur dadurch wegdisponiert haben. Ich möchte Sie beinah dafür verantwortlich machen.«

Er fühlte sich doch wohl etwas schuldbewusst und murmelte nur etwas Unwilliges vor sich hin.

Am Schreibtisch zwischen Henry und Balailoff wurden ungeheure Zahlen hin und her gerollt – es hat beinah etwas Weihevolles, dem zuzuhören.

II

Ich fürchte, eine gute Weile wird man sich noch in Geduld fassen müssen. Wie man mir schreibt, kann der Nachlass erst allmählich liquidiert werden, und es sind noch unendliche Formalitäten zu erfüllen. Was für Formalitäten und wer sie zu erfüllen hat, kümmert mich wenig, man muss es halt abwarten.

Auch hier geschehen allerhand Dinge, mit denen wir nicht ganz einverstanden sind, aber zum Teil sind wir wohl selbst schuld daran.

Balailoff kam neulich an einem ungewöhnlich heißen Vormittag auf die Terrasse und forderte uns auf, ihn nach N. zu begleiten. Das ist ein Bergnest hier in der Nähe, wo die Trauung stattfinden soll. In der Stadt wäre es viel einfacher gewesen, aber das war ihm nicht einzureden. Es machte dort zuviel Aufsehen, schon weil er im Sanatorium wohne –

kurz, es ist ein Komplex von ihm. Nun war er wieder einmal seiner Papiere wegen zum dortigen Bürgermeister befohlen … wir kannten diese Expeditionen schon und fürchteten sie wie den Tod. Da nun auch unsere Sprachkenntnisse sehr schwach sind, mussten wir stets alle vier mit, um uns zu ergänzen. (NB. Der Professor hat es längst aufgegeben, unseren Freiheitsdrang zu hemmen und lässt uns gehen, wohin wir wollen. So habe ich auch dem Rechtsanwalt meine Vollmacht unter nichtigen Vorwänden wieder entzogen.)
Um das Bergnest zu erreichen, muss man eine gute Stunde steigen, eine weitere pflegt zu vergehen, bis man den Bürgermeister in seinen Weinbergen aufgestöbert hat und er endlich mit der Sichel in der Hand erscheint, dann noch eine halbe, bis seine Frau den Schlüssel zur Amtsstube gefunden hat. Nun erst beginnt die Unterhandlung, die sehr viel Witz und Geistesgegenwart erfordert … Das schriftliche Material ist in allen möglichen Sprachen abgefasst … Bis man sich nun einigt, was wohl ungefähr darin stehen mag, was es bedeutet und an welche Behörden oder Konsulate wieder zu schreiben ist, vergeht abermals beträchtliche Zeit. Die Braut weigert sich mitzugehen und würde auch gar nichts nützen, da sie in Lissabon aufgewachsen ist und nur Portugiesisch kann. Es ist also jedes Mal ein Martyrium. Ein paar Mal haben wir es murrend über uns ergehen lassen, aber bei dieser Temperatur streikten wir einfach. Henry, der sonst ein Mann der Tat ist, sah Balailoff nur vorwurfsvoll an, deutete mit einer großen Geste auf die Sonne und sagte: »Sie steht wirklich schon zu hoch.« Dann sank er matt in seinen Sessel zurück. Bau-

mann sah von einem zum anderen und äußerte: Er müsse als Mediziner auch sagen, es ginge einfach nicht.

Balailoff war außer sich, die Sache litte keinen Aufschub. Wir wurden schließlich gereizt, und so ging es eine Weile hin und her. Da erhob sich plötzlich der so genannte schwarze Idiot, der an einem Nebentisch Zeitungen las, beständig zu uns herübersah und schon eine ganze Weile vorbereitend mit den Kinnladen geklappt hatte, kam heran, stellte sich vor und erbot sich aufs Höflichste, Balailoff zu begleiten. Er habe sowieso dort zu tun – was sicher gelogen war –, spreche sowohl Russisch wie Italienisch und hoffe ihm dienen zu können. Sie wurden wahrhaftig einig, was wir Balailoff etwas übel nahmen und er uns ebenfalls, denn er verabschiedete sich ziemlich ungnädig und zog mit dem Schwarzen ab.

Erst spät am Nachmittag kamen sie zurück. Der schwarze Idiot, der schon lange nach unserer Bekanntschaft strebte, schien sehr beglückt, dass das Eis nun endlich gebrochen sei, während wir es unverschämt fanden, dass er es für gebrochen hielt. Er kam ohne weiteres an den Tisch und wollte ein Gespräch anfangen, aber Henry wies abermals auf die Sonne und sagte ablehnend: »Später, wenn sie untergegangen ist . Darauf sah er uns der Reihe nach verständnislos an, und es hätte sicher eine peinliche Szene gegeben, wenn Balailoff ihn nicht mit sich fortgenommen hätte. Wir waren uns eigentlich keiner Schuld bewusst. Man hatte Übermenschliches von uns verlangt, und wir hatten uns geweigert. Deshalb begriffen wir nicht recht, warum Balailoff uns grollte, aber er tat es. Den ganzen Abend ließ er sich nicht mehr blicken, und das gemütliche Einvernehmen ist seitdem erheblich gestört. Denk dir nur unseren Schrecken … ein paar Tage später stellt Balailoff uns diesen Typ als seinen Privatsekretär vor, und seitdem belästigt er uns in den kühleren Stunden – in den heißen hat er doch nicht den Mut dazu – mit seiner Gesellschaft. Statt an seinem früheren Platz, wo wir aus sicherer Entfernung unser Vergnügen an ihm hatten, sitzt er mit an unserem Tisch, schaut entgeistert von einem zum anderen, findet alles, was wir reden, äußerst interessant und klappt mit den Kinnladen, wenn er selbst etwas sagen will. Das wäre noch das wenigste, trotzdem wir sehr darunter leiden – aber wir befürchten vor allem, dass er seinen neuen Chef auch in geschäftlichen Dingen beeinflussen wird, da er in allem und allem so ungeheuer sachverständig ist – neuerdings sogar in Bezug auf Petroleum – und sich in alles – auch in Petroleumfragen – hineinzumischen sucht. Henry und er sind schon verschiedene Male heftig darüber aneinander gekommen. Überhaupt, er spielt einfach die Rolle des Intriganten im Theaterstück und Balailoff die des gutmütigen, aber schwachen Fürsten, der sich immer gerade von den verkehrten Leuten beeinflussen lässt.

Was der Mann eigentlich ist und was er sonst auf dieser Welt zu schaffen hat, ahnen wir nicht, ebenso wenig, weshalb er sich hier sanieren lässt. Vielleicht will er sich nur seinen Schwachsinn und das Klappen mit den Kinnladen abgewöhnen lassen.

Baumann beobachtet ihn angestrengt, kann aber auch nichts herausbringen. Sein wissenschaftlicher Eifer hat sonst zu meiner Erleichterung ziemlich nachgelassen – ich habe ihn auch gebeten, mich eine Zeit lang zu schonen. Der Geldkomplex plagt mich nicht mehr so, seit wieder Geld in der Luft ist – leider immer noch in der Luft. Ich habe mich wenigstens zu einer wohltuenden Apathie durchgerungen, und das beständige Wiederaufwühlen könnte höchstens einen Rückfall verursachen. Und Henry – Henry rechnet neuerdings mit solcher Intensität, dass nichts mehr mit ihm anzufangen ist.

Ich habe ganz vergessen, dir für deinen Brief zu danken. Ja, gewiss, man muss die Feste feiern, wie sie fallen. Ein schlechter Trost, aber es soll ja eigentlich auch keiner sein. Nach Siam werde ich unter diesen Umständen wohl kaum fahren, geschweige denn euch alle mitnehmen, aber vielleicht nach Monte Carlo. Man muss doch irgendeine Methode finden, um das Pflichtteil auf seine vorigen Dimensionen zurückzuführen. Ich habe auch Henry vorgeschlagen, dass er mitkommen soll. Er findet, es sei besser, damit zu warten, bis alle Stränge reißen. Ich dagegen meine, es ist besser, solange noch etwas da ist.
In Bezug auf Balailoff sind wir sehr beunruhigt. Er war schon mehrere Tage nicht im Büro, kam aber trotzdem abends stark angeheitert nach Hause. Es liegt auf der Hand, dass er mit dem Schwarzen gekneipt hat und sich dann von ihm um den Finger wickeln lässt.
du musst wissen, für Henry hängt viel, vielleicht alles davon ab, dass Balailoff hier bleibt, bis das Petroleumunternehmen endgültig organisiert ist. Leute wie Balailoff sind auf die Entfernung nicht sehr zuverlässig. Baumann und Lukas sind ebenfalls als Aktionäre vorgemerkt, und

wer weiß, ob ich mich nicht auch noch beteilige. Es liegt also im allgemeinen Interesse, ihn so lange wie möglich hier festzuhalten. Die Braut aber strebt nur danach, bald fortzukommen, weil ihr der Aufenthalt hier odios ist – vor allem in unserer Gesellschaft. Wir haben deshalb immer möglichst darauf gesehen, dass die Heirat nicht überstürzt wird, haben ihn immer wieder veranlasst, sich abwartend zu verhalten und die Behörden nicht nervös zu machen. Zum Teil geschah es übrigens aus rein freundschaftlichem Gefühl, denn diese Ehe fällt ja sicher todunglücklich aus. Der angenehme Privatsekretär aber fasst es ganz anders auf und an – er tut, was er kann, um die Heirat zu beschleunigen. Auch das spricht deutlich für sein Idiotentum, denn normalerweise ist doch anzunehmen, dass sein Posten damit abläuft. Nun ist er kürzlich auf die unselige Idee gekommen, das Paar solle sich hier naturalisieren lassen, denn damit sei die leidige Frage der Staatsangehörigkeit aufs Einfachste erledigt. Lukas, welcher auf diesem Gebiet einige Erfahrung besitzt, meinte, man müsse doch auch in diesem Fall seine Nationalität nachweisen.

Der Idiot aber lächelte etwas pfiffiger als sonst und behauptete: Gott bewahre, man brauche nur eine schriftliche Erklärung abzugeben. Er wisse auch, wie die hiesigen Beamten zu behandeln seien und würde sich schon mit ihnen einigen. Dann hat er sich ein Pferd gemietet, reitet kreuz und quer im Lande herum, verhandelt mit Behörden und besticht angeblich Beamte. Oder er sitzt mit Balailoff zusammen, setzt Briefe und Eingaben auf, in die wir nicht mehr eingeweiht werden. Auch die Braut kommt jetzt öfters mit auf die Terrasse und man sucht sich an sie zu gewöhnen.

Balailoff strahlt im Gedanken an das näher gerückte Ziel, und der Idiot versucht manchmal Geschichten aus seiner entbehrungsreichen Jugend zu erzählen – findet bei uns aber wenig Anklang damit. Dann verstummt er wieder und starrt entgeistert seinen Teller oder seine neue Gebieterin an, die ihn ziemlich huldvoll behandelt.

12

Schon Anfang August ... Gott, wie lange bin ich schon hier. Bald kann ich mir überhaupt keine andere Daseinsform mehr vorstellen und werde dermaleinst gar nicht wissen, wie ich mich wieder daran gewöhnen soll. Ebenso wenig aber kann ich mir ein Bild davon machen, wie lange das hier noch so fortgehen wird. Immer wieder muss ich Baumann vorschieben, damit er von Zeit zu Zeit den Professor beruhigt. Der hat ihm neulich wieder einmal sein Herz ausgeschüttet und gesagt, es ginge einfach nicht, dass man ihm das Sanatorium so auf den Kopf stellt. Wir wären doch alle keine richtigen Patienten: Henry käme nur zu den Mahlzeiten wie ein Tourist, Balailoff betränke sich fortwährend, trotz seiner Abstinenzkur, und es liege auf der Hand, dass wir ihm dabei Vorschub leisteten – ich habe ihm von Anfang an einen fragwürdigen Eindruck gemacht, zum Beispiel die Geschichte mit Gottfried ... kurz, er ist sehr besorgt, dass wir seine Anstalt diskreditieren. Bei jedem von uns liegt aber irgendein Grund vor, weshalb er ihn eben doch dabehalten möchte. An Henrys Terrainspekulationen ist er stark interessiert, Balailoff bringt ihm mit den vielen Zimmern, die er innehat, mit Extrapavillons und Gefolge ein Bombengeld ein, und bei mir muss er eben warten, bis Geld da ist. Nur Lukas sei durch und durch ein Ehrenmann, hat er gesagt, und es sei geradezu unbegreiflich, dass er ausschließlich mit uns verkehre. Baumann ist nun auf den guten Gedanken gekommen, ihm zu raten, er solle die ganze Gesellschaft etwas mehr von den normalen Patienten isolieren. So hat man uns in einem entlegenen Teil des Gebäudes untergebracht, was sehr viel für sich hat. Gegen den Idioten hat Baumann auf unsere Bitte, aber vergeblich, zu intrigieren versucht. Er hat infolge seines vertrottelten, aber äußerst gesitteten Benehmens einen ganz besonderen Stein im Brett, und der Professor erklärte ihn, im Gegensatz zu uns anderen, ebenfalls für einen Ehrenmann. Es ist aber wenigstens erreicht worden, dass er sein bisheriges Zimmer behalten hat und nicht mit in den Separatflügel gekommen ist. Er steht sich zu gut mit dem Professor und hätte beständig spioniert. Statt dessen habe ich jetzt Balailoffs friedlichen alten Priester als Nachbarn. Unser Flügel hat einen Ausgang, durch den man über einen wenig frequentierten Seitenhof auf die Straße gelangt. Es ist eine große Wohltat, nicht mehr wie Pensionszöglinge aufpassen zu müssen, ob man kontrolliert wird. Es haben sich im Lauf der Zeit allerhand Privatinteressen ergeben, die bisher nur unter großen Schwierigkeiten verfolgt werden konnten, jetzt aber um so eifriger gepflegt werden. Baumann ist uns gewissermaßen als ärztlicher Aufseher gesetzt worden. Da er nun selbst eine kleine Freundin in der Stadt hat, lässt er mit sich reden. Henry und ich haben ebenfalls einige Bekannte unter den

Schauspielern des Sommertheaters (etwas anderes gibt's hier nicht). Man ist natürlich sehr vorsichtig, hält auf den Ruf der Anstalt und auf den eigenen, und ich finde, man sollte das anerkennen, anstatt uns, wie es leider von verschiedenen Seiten geschieht, schief anzusehen.
Schade, dass du nicht auch hier bist ... das heißt – verzeih mir diesen Egoismus und begreife ihn – es hat so viel für sich die einzige Frau in einem Kreise zu sein, dass ich doch nicht gerne teilen möchte. Bitte, missverstehe das nicht. Die vorhin erwähnten Privatinteressen bringen es mit sich, dass unser Familienleben intakt bleibt, und eben dadurch ergibt sich eine sympathische Atmosphäre, die einen Stich in alles mögliche hat. Lukas ist sozusagen stiller Teilhaber, er ist noch nicht lange und sehr glücklich verheiratet und steht auch in dieser Beziehung auf demselben Standpunkt wie mit der wirtschaftlichen Basis. Dabei lässt er, wenn nicht mit sich reden, so doch mit sich zanken, denn es ist klar, dass weder Henrys noch meine ›Privatinteressen‹ Gnade vor seinen Augen finden. Meines ... ja siehst du, Maria, die hiesigen Möglichkeiten beschränken sich eben auf die Mitglieder des kleinen Theaters, das nur für ein paar Monate hier gastiert – und ich muss beschämt gestehen, dass es sich um einen Tenor handelt. Seine Stimme reicht kaum hin, um ihn zu rechtfertigen, und seine Mitteilungen geschehen manchmal auf wild marmoriertem, manchmal auf azurblauem Briefpapier mit eingepresstem weißem Schwan. Das mag schlimm sein, aber ich kann mir nicht helfen, es hat für mich etwas Ergreifendes, und im übrigen ist er wirklich, was man einen lieben Kerl nennt. Seine Manieren sind zum Ärger der anderen, die ihn nicht billigen,

völlig einwandfrei … er weiß eben von der Bühne her, wie man sich unter Leuten von Welt zu benehmen hat, denn bei dem Mangel an Personal spielt er auch die Lebemänner in modernen Stücken. Henry, der sich mit der jugendlichen Heroine in gleicher Verdammnis befindet, hat immer noch das nötige Verständnis dafür, aber die Blicke unseres Privatdozenten, wenn ›er‹ persönlich auftritt oder wieder eines seiner Schwanenbilletts morgens neben meinem Teller liegt, sind unbeschreiblich. Ich gebe gerne und willig zu, dass es eine Verirrung ist, aber das reizt ihn nur noch mehr. Ja, er greift in blindem Eifer zu den stärksten Mitteln, um mich davon abzubringen, und meinte neulich: Als Jugendtorheit könne so etwas ja noch hingehen, aber für eine Frau, die – Verlegenheitspause – über dieses Stadium doch allmählich hinaus sein dürfte …
Ich konnte darauf nur erwidern, man sei nun einmal nicht mehr jung, und tausendmal wichtiger sei es, die dritte, vierte, fünfte und so weiter Jugend auszukosten als die erste und zweite. Er war etwas entwaffnet und genierte sich nachträglich, dass er umsonst und ohne jeden Erfolg eine Taktlosigkeit gesagt hatte.
Natürlich hat auch Lukas den üblichen Alterskomplex … von einer bestimmten Grenze an soll man vorsorgen, Leibrenten kaufen und stetiger in seinen Neigungen werden. Ich halte das für einen Irrtum und sehe gerade den einzigen Vorzug des Älterwerdens darin, dass die Zukunft einen weniger interessiert und der Moment immer wichtiger wird. Solange mir noch Tenöre von Sommertheatern himmelblaue Billetts schreiben, sehe ich nicht ein, warum ich darauf verzichten soll. Dabei habe ich es ganz gern, wenn

mir jemand Moral predigt, mich ärgert und ich ihn wieder ärgern kann. Mehr Verständnis hat der alte russische Priester – ich kollidierte neulich in einem etwas ungeschickten Moment mit ihm auf dem Korridor. Nachher saß er im Mondschein auf seinem Balkon … als ich dann auf den meinen hinauskam und wir unseren gewohnten Gruß austauschten, war ich doch etwas verlegen und suchte nach einem erlösenden Wort (wir haben uns inzwischen etwas besser verständigen gelernt), aber mir fiel nichts anderes ein wie pater peccavi. Er lächelte milde, anscheinend erfreut, und antwortete: Te absolvo … und noch irgend etwas, was ich nicht verstand.
Ach Gott, Maria, ich muss doch immer wieder darauf zurückkommen … und wenn es auch langweilig wird zum Die-Wände-hinauf-Laufen … wie könnte das Leben schön sein ohne die Geldfrage. Und wie ist es möglich, dass Menschen mit Geld jemals wirklich unglücklich sind? Schau, ein gewisser Grad von Komfort, einige nette Leute und etwas Durcheinander – eine dumme Liebesgeschichte ohne höhere Ansprüche – Mondschein und ein wohlwollender alter Priester – und ich wäre schon wieder im Stande, für das Dasein zu schwärmen, wenn nicht immer die Geldgedanken wie eine schwarze Wand hinter allem ständen. Ob nun das Pflichtteil endlich einmal tatsächlich in meine Hände gelangt oder nicht, früher oder später wird doch einmal der Moment kommen, wo ich wieder rechnen oder darüber nachdenken muss und der Komplex mich von neuem umnachtet …
Ich tue ja mein Bestes, um das Jetzt als Ferienzeit aufzufassen, wie man als Kind die großen Sommerferien festlich

beging. Sie schienen endlos, und doch wurde man die Gespenster nicht ganz los, Lehrer, Schulstunden und Strafarbeiten, und wusste ganz genau: Davor war die Hölle, und dahinter lauerte auch wieder die Hölle – wie könnte man es nur anfangen, darum herumzukommen. Nein, das gibt's eben nicht, einmal wird man doch wieder in die Schule müssen und wieder nachsitzen, weil man die Rechenaufgaben nicht in den Kopf kriegen kann. Es kommt mir jetzt recht symbolisch vor, dass ich früher wegen jeder, aber auch jeder Rechenaufgabe nachsitzen musste. War sie einmal richtig, so hatte ich entweder abgeschrieben, und dann gab es erst recht Strafe, oder es beruhte auf einem Zufall, an den niemand glauben wollte. Wie das den Charakter verdirbt … man kann sich schließlich nur damit trösten, dass auch der Lehrer infolge seiner eigenen Infamie um seinen freien Nachmittag kommt. Und später … was hatte ich von Haus aus für einen sympathischen Charakter, und wie sehr hat er unter den Geldkalamitäten gelitten. Es gibt gewiss keine Gemeinheit, die ich nicht mit Vergnügen beginge, wenn sie sich rentierte, aber es gibt zu wenig Gelegenheit … die wirklich rentablen Gemeinheiten kommen immer nur in Romanen vor. Wenigstens die sich mir bisher boten, waren nicht der Mühe wert. Ich hätte beispielsweise einmal jemandem mit zwanzigtausend Mark durchbrennen können, und die drei Tage, wo ich sie in Obhut hatte, waren qualvoll genug. Aber wie weit wäre ich damit gekommen, über kurz oder lang hätte ich doch wieder umkehren müssen. Wären es hunderttausend gewesen, so hätte ich eher die moralische Kraft dazu gefunden.

Ich will mich lieber nicht weiter in diesen Gegenstand vertiefen. Henry gab uns gestern ein kleines Souper, man war etwas zu lustig, und ich habe heute ein wenig Katzenjammer. Dann fallen einem alle möglichen trüben Dinge wieder ein. Lieber hör' ich auf ...

13

Schlimme Nachrichten, Maria. Meine neulichen Abendbetrachtungen waren Vorahnung. Wie ich dieses zweite Gesicht verwünsche, aber ich habe es nun einmal.

Also zuerst, was mich selbst betrifft. Ich weiß nicht, ob ich dir erzählte, dass der Miterbe schon einmal verheiratet war. Dass er mit dieser ersten Frau denselben Kontrakt auf Erbteilung gemacht hat wie mit mir, wusste ich allerdings nicht. Sie hat sich dann schlecht bewährt, und er ließ sich von ihr scheiden. Jetzt aber, nach dem Tod des alten Herrn, ist sie wieder aus der Versenkung aufgetaucht, will ihre Ansprüche geltend machen und droht durch ihren Anwalt die Erbschaft mit Beschlag belegen zu lassen. Im besten Falle gibt es also wieder eine Verzögerung, im minder günstigen – aber ich ziehe es vor, diesen Gedanken vorläufig noch zu verdrängen. Lukas ist jetzt ganz kleinlaut und meint, dass wirklich von Seiten des Schicksals rätselhafte Dinge gegen mich vorliegen müssen.

Er, der Miterbe, gedenkt nächstens zurück zu kommen und will mich dann hier aufsuchen. Einstweilen hat er immer noch Formalitäten zu erfüllen.

Wenn das alles wäre, aber auch um die Petroleumsache sind wir in schweren Sorgen. Balailoff gerät immer mehr unter den Einfluss des schwarzen Idioten (der sich übrigens in letzter Zeit lauter weiße Anzüge angeschafft hat – wir waren schon unschlüssig, ob man ihn nicht umtaufen müsse) und sprach schon davon, ihn auf eine Inspektionsreise nach Russland zu schicken, da letzthin ungünstige Berichte von dort einliefen. Es hieß, das Gebiet sei doch nicht so ergiebig, wie man anfangs angenommen und so weiter. Henry behauptet, auf Grund seiner gewiss vielfältigen Erfahrungen, das passiere bei jedem derartigen Unternehmen und man brauche einstweilen kein Gewicht darauf zu legen. Das Konsortium pflege einmal dieses und einmal jenes Gerücht auszusprengen, um Stimmung zu machen oder – was weiß ich – ich konnte seinen Auseinandersetzungen nicht recht folgen, und Balailoff versteht es sicher noch weniger als ich. Der Idiot aber will jetzt plötzlich auch über Petroleumgewinnung besser Bescheid wissen als alle anderen, nachdem er vorher nur in Heiratspapieren kompetent war. Bei jedem anderen Gespräch verstummte er und klappte ratlos mit den Kinnladen.

Einstweilen ist er hier noch unentbehrlich, denn die Heiratsangelegenheit scheint trotz all seiner Bemühungen nicht vom Fleck zu rücken. Balailoff ist manchmal sehr nervös und klagt darüber, dass die Beamtenbestechung unwahrscheinliche Summen verschlinge.

Wir anderen trauen dem schwarzen Kerl nicht über den Weg. Bei Tisch setzt er sich nach wie vor zu uns, ist auf keine Weise loszuwerden, sondern sitzt da, starrt uns an und erzählt, wenn man ihn überhaupt zu Wort kommen lässt, von seinem angeblich bewegten Leben. Anfangs brachte man ihn rasch zum Schweigen, aber wir lassen ihn jetzt manchmal gewähren, um gelegentlich eine Handhabe gegen ihn zu gewinnen. Bis jetzt haben wir aber nur festgestellt, dass er unerhört lügt und höchstens in Balailoffs Gegenwart seine Erzählungen etwas glaubhafter hält. Von uns nimmt er wohl an, dass wir alles glauben, da wir immer schweigend zuhören und nie den leisesten Zweifel äußern.

Es scheint beinah, dass wir unserem Ziel näher kommen und eine wichtige Entdeckung gemacht haben, mittels derer wir ihn vielleicht stürzen können. Neulich abends waren wir alle in Henrys Zimmer – der Pavillon der Braut liegt nahe an unserem Separatflügel, und man hört sie allabendlich Klavier spielen, war aber so daran gewöhnt, dass man nicht weiter darauf achtete. Balailoff ist um diese Zeit nie vorhanden, sondern treibt sich allein in der Stadt herum.

An diesem Abend nun unterhielten wir uns ganz friedlich. Henry hatte Wein aus dem Büro heraufgeschafft, und Baumann, der einen ziemlichen Schwips hatte, sagte auf einmal nachdenklich: »Hört nur, das ist wirklich merkwürdig … sie spielt ja vierhändig.« Wir schwiegen und hatten so unsere Gedanken dabei, während Baumanns Freundin ihn im tiefen Ernst zu überzeugen versuchte, dass es unmöglich sei, allein vierhändig zu spielen. Natürlich wollten wir in ihrer Gegenwart unseren Verdacht nicht äußern, aber als sie fort war, machten wir das Licht aus und warteten gespannt am Fenster, bis das Klavierspiel verstummte. Kurz nachher sahen wir denn auch den Privatsekretär vorsichtig durch den Garten schleichen.

Aber was nun? Darüber wurde lange hin und her beraten. Man kann die beiden doch nicht einfach verklatschen ... es ist schließlich ihre Privatsache. Andererseits ist Balailoff, wenn er sich auch neuerdings schlecht benimmt, sozusagen unser Freund, während wir die Braut nicht ausstehen können und den Idioten los sein möchten. Sollte einer von den Männern den Ahnungslosen aufklären, was da vor sich geht ... es nimmt sich eventuell doch schlecht aus, und die beiden würden zweifellos leugnen. Gott weiß, ob sie nicht auch wirklich nur zusammen Klavier spielen. Und doch, meinte Henry, wäre es beinahe Christenpflicht, ihn aufmerksam zu machen, denn wenn der Idiot ihm mit seiner Braut Hörner aufsetzt, wird er ihm auch mit dem Petroleum Hörner aufsetzen, sobald es ihm gelingt, seine Pfoten dahinein zu bekommen ... und die ganze Geschichte geht für uns zum Teufel.
Zunächst haben wir also nur versucht den Schwarzen aufs Glatteis zu führen. Ich fragte ihn gleich am nächsten Morgen in aller Harmlosigkeit, ob es bei starker musikalischer Begabung möglich sei, alleine vierhändig zu spielen. Balailoff schlug ein schallendes Gelächter an ... er ahnt also nichts von den nächtlichen Konzerten ... die Braut verfärbte sich ... sie hat jedenfalls ein schlechtes Gewissen. Der Idiot aber behielt seine Fassung und hielt mir einen längeren Vortrag über Klaviertechnik sowie über Möglichkeiten und Unmöglichkeiten. Es war ein ausgesprochener Missgriff, denn nun sind sie gewarnt und spielen nicht mehr zusammen.
Darauf versuchten Henry und Baumann – der Privatdozent gab sich nicht dazu her – der Braut auf Tod und Leben

die Cour zu machen, um den Idioten auszustechen. Sie reagierte in keiner Weise, und man erreichte nur, dass Balailoff noch verstimmter auf uns ist.

Nun haben wir noch einen Plan im Hinterhalt … wir wunderten uns nämlich schon lange darüber, dass weder Balailoff noch die Braut auf den Gedanken gekommen sind, die Ehe in England zu schließen. Er selbst weiß am Ende gar nichts von dieser segensreichen Einrichtung … bei einem Russen mit Spleen wäre das gar nicht so unmöglich und sein Faktotum wird sich hüten, ihn auf den Gedanken zu bringen, da die Angelegenheit dadurch zu einem rascheren Abschluss käme. Das liegt selbstverständlich nicht in seinem Interesse.

Uns selbst geht es, offen gesagt, ebenso. Wir konnten uns nie besonders für die Heirat erwärmen und hofften immer, dass sie noch möglichst hinausgezogen würde, bis das Petroleum … Denn daran sind wir alle aufs lebhafteste interessiert und wollen mit ›hineingehen‹, sobald eine gewisse Garantie gegeben ist. Lukas hat trotz seiner nationalökonomischen Weisheit Blut – respektive Petroleum – geleckt und möchte sein bescheidenes Kapital vermehren, Baumann mit fast gar nichts eines gewinnen und ich – nun, wenn irgend möglich, das Unglück mit dem Pflichtteil wieder gutmachen.

Wäre nur Henry für einen Gründer nicht viel zu anständig, ich begreife allmählich, dass es eben das ist, was ihn immer wieder um den Erfolg bringt. Wie oft hätte er mit mehr Schwindel schon etwas erreichen können, aber er will nicht. Er schlägt statt dessen auf den Tisch und sagt: »Teufel, es muss auch so gehen!« Glaubst du, er wäre auch

nur im Stande, einen Wechsel zu fälschen? … Aber man versteht es ja auch … Es hat etwas gegen sich, und man will nicht aus seiner Sphäre herausfallen.
So steht es nun auch wieder im Fall Idiot – Balailoff. Henry hält es für unfair sich direkt einzumischen und will abwarten, bis der Idiot auf Grund der göttlichen Gerechtigkeit in seine eigene Grube fällt. Ich dagegen bin überzeugt, dass das gerade diesem Typus niemals passieren wird.
Die Braut ist sehr vorsichtig geworden. Es hat den Anschein, als sei der Flirt zwischen den beiden ganz abgebrochen, sie begegnen sich nur noch mit kühler Höflichkeit. Aber es liegt auf der Hand, dass sie gegen uns intrigieren, denn Balailoff wird immer unliebenswürdiger.

14

Nun, inzwischen ist die Bombe geplatzt, und diesmal scheint Henry Recht zu behalten, dass die gute Sache durch sich selbst siegen muss.
Die Spannung wurde immer peinlicher und der Idiot immer anmaßender. So rang man sich schließlich zu dem Standpunkt durch: er oder wir. Wir beschlossen, den einzigen Trumpf auszuspielen, der uns zur Verfügung stand, und Balailoff auf die Eheschließung in England aufmerksam zu machen. Mochte er dann in Gottes Namen heiraten, wenn es uns nur gelang, den Schwarzen zu stürzen oder wenigstens zu diskreditieren. Henry bat also Balailoff um eine Unterredung, bei der Lukas und ich ebenfalls zu-

gegen waren. Balailoff kam und war anfangs etwas reserviert. Als Henry ihm aber die Sache mit vieler Beredsamkeit vortrug, dabei erwähnte, dass wir schon vor längerer Zeit in Gegenwart seines Sekretärs über einen ähnlichen Fall gesprochen hätten ... da wurde er sehr nachdenklich. Dann fragte er, warum wir ihn nicht eher darauf aufmerksam gemacht hätten. Nun, man habe sich erst vergewissern wollen, ob es wirklich so einfach sei, und sich des Näheren erkundigt – Henry nahm ein Bündel Briefe aus der Tasche, schwenkte sie bedeutungsvoll und steckte sie dann wieder ein. Inzwischen sei aber jener schwarze ... Herr aufgetaucht, und seit Balailoff ihm in solchem Maße sein Vertrauen geschenkt, fühle keiner von uns mehr den Wunsch, sich in seine Angelegenheiten einzumischen.
Es sei das auch jetzt nicht unsere Absicht, wir wollten ihm nur die Frage vorlegen, ob die Beamtenbestechung und anderen Manöver seines Sekretärs wohl Aussichten hätten, schneller zum Ziel zu führen.
Der arme Balailoff – ich glaube, er ist im Grunde horndumm, aber jetzt schienen ihm doch einige Schuppen von den Augen zu fallen. Außerdem ging ihm plötzlich das Herz über und er gestand, dass er dem Sekretär verschiedene Geldangelegenheiten übertragen habe, ohne sich weiter darum zu kümmern. Wenn der Mann, den er bisher dafür gehalten, am Ende doch nicht ganz zuverlässig sei – hier folgten einige russische Flüche, worauf er Henry bewegt umarmte, Lukas und mir die Hand schüttelte, uns alle für seine wahren Freunde erklärte und lebhafteres Verlangen nach Alkohol äußerte. So wurde nach langer Entfremdung der erneute Freundschaftsbund, die Eheschlie-

ßung in England und daneben auch wieder einmal die Petroleumaffäre ›begossen‹.

Seit diesem bedeutungsschweren Abend ist er also wieder unser und eifrig dabei, seine Anordnungen für die Reise nach England zu treffen. Den Sekretär wollte er nicht Hals über Kopf entlassen, um alles Aufsehen zu vermeiden, lässt ihn aber durch einen Detektiv überwachen, und es scheinen da noch allerhand Schwindeleien in größerem Maßstab herauszukommen. Aber er hat ihn vorläufig in seinem Dienst behalten und verwendet ihn nur noch für unwesentliche Kommissionen. Der Idiot ist etwas konsterniert und weiß nicht recht, was er denken soll. Er schaut immer noch dumm genug drein, aber sein Gesicht hat doch etwas mehr Ausdruck bekommen, nämlich einen gespannten. Es ist beinah, als betrachte er uns mit einer Art schmerzlicher Ironie. Die Braut ist öfters wieder am Tisch, aber man wird nicht recht aus ihr klug, sie behandelt uns nach wie vor wie Luft. Wir gehen ihr möglichst aus dem Weg, sitzen wieder in tiefem Seelenfrieden auf der Terrasse und lassen die immer noch schwülen Tage an uns vorübergehen. Abends kommen unsere Freunde, sie haben jetzt auch Balailoff kennen gelernt, der sich uns immer mehr anschließt und entzückt von ihnen ist. Schauspieler und Russen sind immer entzückt voneinander.

Am zehnten August soll die Fahrt nach England angetreten werden. Er plagt uns, dass wir mitfahren sollen, als Trauzeugen. Aber wir mochten weder die geschäftlichen Dinge, noch unsere Privatinteressen im Stiche lassen, noch auch das Sanatorium, an dem wir wirklich mit Heimatliebe hängen. Andererseits ist ja noch zu erwägen, ob es nicht unzweckmäßig ist, ihn so ganz aus den Augen zu lassen … Er schwört zwar, er käme sicher wieder zurück …

15

Der Entschluss ist uns erspart geblieben, dafür hat es einen so genannten Skandal gegeben. Nur schade, dass wir nicht so viel Spaß daran haben können wie die anderen Patienten, die ihn in vollen Zügen genießen.
Balailoff war auf einige Tage fortgefahren und hatte die Braut mitnehmen wollen, aber sie drückte sich unter dem Vorwand, leidend zu sein. Am zweiten Morgen, nachdem er fort war, klopfte sein Diener, der uns immer das Frühstück heraufbringt, verzweifelt an sämtliche Türen. Wir waren spät aufgewesen und niemand hatte Lust, sich schon zu ermuntern; so rief man ihm von allen Seiten zu: Er möge alles in den Korridor stellen und uns schlafen lassen. Aber er bestand darauf, irgendjemand persönlich zu sprechen. Wir beschieden ihn also mit sämtlichen Frühstücken in den gemeinsamen Salon und versammelten uns in rasch improvisierter Toilette. Das Klavier stand noch offen und überall Weingläser vom vorigen Abend, es war die richtige ungemütliche Morgenstimmung mit einigem Katzenjammer.
Und nun erfuhren wir, dass die Braut über Nacht mit dem ›Herrn Idioten‹, wie der brave Iwan sich höflich ausdrückte, davongegangen war, unter Mitnahme alles beiderseitigen Gepäcks – also anscheinend, um nicht mehr wiederzukehren. Iwan, der seinem Herrn sehr ergeben ist,

war ganz außer sich. Wir setzten gleich ein Telegramm an Balailoff auf und schickten ihn damit weg.
Eine halbe Stunde später erschien der Professor, wollte wissen, was wir wüssten, und war ungemein aufgeregt. Glücklicherweise hatten wir in der Zwischenzeit aufräumen lassen und saßen ordentlich und zivilisiert jeder vor seinem Kaffee, nur Lukas hatte einen etwas sonderbaren Schlafrock an. Wir waren diesmal wirklich mehr wie unschuldig, was er uns anfänglich nicht glauben wollte. Aber dann drehte Henry den Spieß um und erklärte, er habe Balailoff in diesem Punkt nie begriffen – und ebenso wenig, dass man ein solches Subjekt so lange hier geduldet hätte. Dem Mann sei doch auf der Stirne geschrieben gewesen, dass er ein Schwindler war. In diese Ausführungen stimmten wir alle lebhaft ein. Jedoch wir haben nun einmal das Pech, auf diesen verbohrten alten Professor nicht überzeugend zu wirken. Er sah sich um, als ob die Niedertracht nur so auf Stühlen und Tischen herumläge, fragte dann, ob wir mit den Zimmern zufrieden wären … es sei aber möglich, dass auch in diesem Flügel bauliche Veränderungen vorgenommen und wir noch einmal wieder umziehen müssten. Auch Baumann bekam bei dieser Gelegenheit einige bissige Bemerkungen; der Chef hat irgendwie erfahren, dass er psychoanalysiert, und das hat ihn sehr unangenehm berührt. Es darf jetzt wirklich nichts Auffallendes mehr passieren.
Schließlich ging er dann wieder und wir frühstückten nachdenklich weiter. Leider mussten wir einstimmig zugeben, dass der schwarze Idiot doch entschieden intelligenter gewesen war wie wir alle zusammen. Eine depri-

mierende Einsicht, aber wer weiß, vielleicht kann gerade die Begebenheit noch zum Heil der Petroleumsache ausschlagen. Henry wenigstens meint, es komme nur darauf an, Balailoff jetzt richtig anzufassen. Aber Henry ist ein Illusionist …

Nun ja … da war nicht viel richtig anzufassen. Balailoff kam auf unser Telegramm hin sofort zurück. Seine Wut war anfangs unbeschreiblich, und es blieb nichts anderes übrig, als ihn beständig unter Alkohol zu setzen, was Henry mit wahrem Löwenmut auf sich nahm. Gleichzeitig wurde nach allen Himmelsrichtungen recherchiert und man brachte in Erfahrung, dass die Flüchtlinge sich nach England gewandt haben. Das hat ihn fast noch am meisten getroffen. Außerdem hat der Idiot es verstanden, ganz beträchtliche Summen auf Balailoffs Namen zu erheben und sie mitzunehmen. Sonst wäre es ja eigentlich nicht zu bedauern, dass die beiden spurlos verschwunden sind. Es ist viel gemütlicher ohne sie.

16

Ihr müsst nicht so neugierig sein und nicht so ungeduldig, Maria. Nehmt euch doch endlich ein Beispiel an der christlichen Ergebung, mit der ich selbst die Entwicklung der Dinge abwarte. Versteht man es nicht, mit Ausdauer und Beharrlichkeit gute Miene zum bösen Spiel zu machen, so wird man nervös. Diese schwere Kunst habe ich nun allmählich mit vieler Mühe üben gelernt und ihr dürft mich nicht immer darin stören.

Die Feste feiern, wie sie fallen ... das Petroleumfest, das zu so schönen Erwartungen berechtigte, ist gründlich ins Wasser gefallen, und zwar gerade in dem Moment, wo man dachte, es nun ungestört feiern zu können. Der schwarze Idiot soll so ungeheuerliche Summen defraudiert haben, dass Balailoff rundweg erklärte, er müsse sein Kapital zurückziehen und seine Ländereien verkaufen. Vergebens suchte Henry ihn zu überzeugen, er könne sich durch dieses Unternehmen am besten wieder rangieren und die Sache sei schon so weit gediehen, dass er auch im Interesse der übrigen Beteiligten nicht mehr zurücktreten dürfe. Vergebens suchten wir ihn aufzuheitern und zu trösten, indem wir allabendlich unsere Freunde aus der Stadt versammelten – manchmal hatten wir fast die ganze Truppe da und saßen auf Kohlen, dass das Spektakel sämtliche Patienten aufwecken möchte. Balailoff betrank sich nur, und war er wieder nüchtern, so beteuerte er immer wieder, durch die Geschichte mit seinem Sekretär habe er den Glauben an die Menschlichkeit verloren und wolle von nichts mehr wissen, weder von Braut noch von Petroleum.

Es war nichts dabei zu machen. Henry und er haben sich schließlich endgültig überworfen. Dann beschwerte er sich bei dem Professor, dass er es nicht fertig gebracht habe, ihm das Trinken abzugewöhnen – an all seinem Unglück sei nur der Alkohol schuld. Daraufhin kamen sich die beiden auch noch in die Haare und Balailoff hat unter Protest das Sanatorium verlassen.

Lukas meint, wir hätten es von Anfang an falsch gemacht, indem wir seiner Neigung zum Trunk Vorschub leisteten.

Man hätte ihn ruhig dem Professor überlassen und nur in nüchternem Zustand mit ihm verhandeln sollen. Vielleicht wäre dann so etwas wie ein Kontrakt zu Stande gekommen, auf dem man jetzt fußen könnte. Baumann dagegen hält es für eine schwere Versäumnis, dass er ihn nicht analysiert hat. Auf diesem Wege wäre es sicher möglich gewesen, ihn von seinem Heiratskomplex zu heilen und die ganze Geschichte mit dem schwarzen Idioten zu vermeiden.

Henry beteiligte sich nur wenig an diesen nützlichen und erbaulichen Diskussionen. Er ist nachdenklich, aber durchaus nicht niedergebeugt durch den neuen Fehlschlag. »Vielleicht ist es besser so«, sagte er mit voller Überzeugung ..., »man zersplittert sich so leicht, wenn man zuviel um die Ohren hat. Ich müsste jetzt abwechselnd nach Südafrika, Russland und Norwegen fahren, wo wir demnächst ...«

»Schon wieder ein neues Projekt?« fragte Lukas entsetzt.

»Bei dem sich in wenigen Jahren ein Bombengeld verdienen lässt, aber darüber reden wir ein anderes Mal ...«

»Ja, bitte«, murmelte Lukas mit schwacher Stimme.

Nach all diesen Aufregungen sind wir etwas marode, und es hat eine Art Sinn bekommen, dass wir in einer Nervenanstalt sind.

Darüber wird es nun allmählich Herbst, die Schauspieler sind fort ... es war halt nur ein Sommertheater. So sind auch die Feste im Separatflügel eingeschlafen und wir stille Patienten geworden, ein wenig abgespannt, ein wenig reizbar, also gerade, wie es sich gehört. Der Professor behandelt uns wieder auf unsere Nerven hin, Baumann behandelt unsere Komplexe. Henry und ich sind uns längst klar darüber, dass es völlig zwecklos ist, denn der beiderseitige Geldkomplex steigert sich seit Balailoffs Verschwinden bedenklich. Wird mir hier oben die Welt zu eng, so flüchte ich zu ihm ins Büro. Er sitzt am Schreibtisch, rechnet, rechnet, macht Überschläge und murmelt Zahlen, ich sehe die Sanatoriumsrechnungen durch, die immer mehr anwachsen, und Lukas sitzt resigniert dabei.

»Keine Nachricht von Ihrem Herrn Gemahl?«

»Gemahl? … Nein … ja doch, er wird nächstens hier eintreffen.« Ich bin zu sehr in die Rechnungen vertieft und kann mich nicht gleich besinnen.

»Sie sollten sich aber doch daran gewöhnen, den betreffenden Herrn mit seinem rechtmäßigen Titel zu bezeichnen. Oder gedenken Sie ihn hier schlechthin als ›Miterben‹ einzuführen?« – »Keine Ahnung, wie ich das machen soll. Dass wir verheiratet sind, glaubt ja doch niemand. Wir nennen uns Sie, und ich weiß von seinem Leben so wenig wie er von meinem. Es möchte sich doch sonderbar ausnehmen, wenn wir uns bei jeder Gelegenheit erst gegenseitig darüber aufklären müssen.«

»Führen Sie ihn als Ihren Vetter ein.«

Ich fand den Vorschlag ganz gut, aber Henry war übler Laune und warf mir vor, ich wollte immer nur Filme veranstalten, und diese ganze Heirat sei schon Film genug. Sehr mit Unrecht, denn was kann ich dafür? Du weißt ja ungefähr, wie die Sache war … Er wollte heiraten, weil er fürchtete, sonst enterbt zu werden, und setzte die Hälfte seines Erbes als Preis dafür aus. Ich saß gerade in Paris und wusste nicht recht, was ich tun sollte, als gemeinsame Bekannte mir den Fall unterbreiteten und ziemlich hohe Ziffern dabei spielen ließen. Lebhaft erinnere ich mich, wie man in einem kleinen Montmartre-Café saß und beriet: Soll sie es tun? … Soll sie es nicht tun? … Ich selbst wurde eigentlich kaum um meine Ansicht gefragt. Aber ich gab dann schriftlich mein Jawort und fuhr dorthin, wo mein zukünftiger Eheherr sich aufhielt. Man hatte ihn mir als degenerierten Baron geschildert und auch das lockte mich. Aber er sah aus wie ein Seeräuber in Zivil und seine Degeneriertheit bestand nur darin, dass er trank. Die Familie verhielt sich etwas skeptisch und wollte vor allem wissen, ob ich Vermögen hätte. Nein, aber später eines zu erwarten, was ja im Falle unserer Heirat auch der Wahrheit entsprach … Alles Weitere entwickelte sich dann merkwürdig günstig, die unwahrscheinlichsten Umstände kamen mir zu Hilfe, so dass ich kurze Zeit hindurch selbst in den Augen seines Vaters – eben des alten Herrn, der jetzt das Zeitliche gesegnet hat – mit Glück die Rolle des guten Engels spielte. An diesen Glanzpunkt meiner Laufbahn denke ich immer noch mit Wehmut zurück und muss mir selbst alle Anerkennung zubilligen, denn weder andere noch ich hätten das jemals für möglich gehalten. Es dauerte denn auch nicht lange – eben bis es gar zu auffallend wurde, dass wir keinen gemeinsamen Haushalt gründeten, dass unsere beiderseitigen Niederlassungen sich vielmehr an entgegengesetzten Endpunkten des In- und Auslandes befanden und, falls es gelegentlich in Frage kam, keiner über den Aufenthalt oder die Schicksale des anderen auf dem laufenden war. Schließlich kam dann auch noch die Geschichte mit dem Kontrakt auf …

Das alles musste ich Lukas noch einmal eingehend schildern, wie auch die Persönlichkeit meines Gatten und Miterben. Wir einigten uns dann dahin, ihn doch lieber in der Stadt wohnen zu lassen. Der Professor hat sicher vorläufig genug von Alkoholikern, und soweit ich diesen kenne, ist er von ungemein aufrichtigem Charakter und wäre nicht imstande, den Wunsch nach einer Entziehungs- oder anderen Kur auch nur vorzutäuschen.

17

Habe ich wirklich einen ganzen Monat nicht geschrieben? Was soll ich denn auch schreiben – immer wieder dasselbe: Es ist noch nicht da, ich warte.

Tröste dich damit, dass ich meine sämtlichen Korrespondenzen schon lange so gut wie abgebrochen habe. Niemand wusste mehr den Ton anzuschlagen, den ich vertragen konnte. Die einen wollten mich mit dieser Erbschaft, die niemals kommt, aufziehen und schienen zu meinen, dass das Ganze nur ein Witz sei. Andere gratulierten mir zu dem unverdienten Glück, das mir so mühelos in den Schoß gefallen wäre. Wenn ich nur das nicht mehr hören soll. Es begreift wohl niemand, was für eine ungeheuerliche Leistung dieses Warten bedeutet, und niemand hat auch nur eine Ahnung, was für Leiden ein Geldkomplex mit sich bringt.

Seit zwei Wochen beginnt es allmählich zu tagen. Es hat wenigstens den Anschein – ich will mich lieber noch vorsichtig ausdrücken.

Der Miterbe ist wohlbehalten hier eingetroffen – ich betone das ›wohlbehalten‹, denn wie leicht hätte ihm bei der langen Reise etwas zustoßen können. Bei den verschiedenen Zwangsvorstellungen, die mich plagen, kam es mir äußerst wahrscheinlich vor.
Er hat mir nun weitläufig erklärt, was alles noch geschehen müsse, bis es an die hiesige Bank überwiesen wird. Die erste Frau hat sich mit einer mäßigen Summe abfinden lassen und die Beschlagnahme zurückgezogen. Im Übrigen war er anfangs etwas verstimmt gegen mich. Es scheint aus hinterlassenen Briefen hervorzugehen, dass er auch ohne Heirat hätte Universalerbe werden können und ohne den verhängnisvollen Kontrakt jedenfalls nicht wäre gepflichtteilt worden. Er fühlt sich nachträglich wieder solidarisch mit dem toten Vater und hätte jetzt lieber mit ihm gegen mich intrigiert, wie er vorher mit mir gegen ihn intrigierte. Wenigstens glaubt Baumann seine Gefühle für mich in dieser Richtung auslegen zu dürfen.
Natürlich ist es aber jetzt zu spät, und in Anbetracht dessen entwickelt sich eine durchaus friedliche Beziehung zwischen uns. Ich finde ihn sogar in seiner Art ganz sympathisch, ein wenig Balailoff der Zweite, nur wirkt er noch russischer, trotzdem er kein Russe ist und nur die Stammgüter seiner Familie in Finnland liegen. Balailoff war nur spleenig und trank, ohne dass es ihm oder anderen Freude schuf. Dieser trinkt auch, aber seine Räusche sind produktiver, und er weiß sie glückhafter auszugestalten.
Er wohnt im Hotel drunten am Marktplatz, hat, da die Ankunft des Pflichtteils jetzt auch dem Laien außer Frage steht, unbeschränkten Kredit, hält sich ein Mietauto, mit dem er

den ganzen Tag herumsaust, und lässt abends eine italienische Musikbande kommen, die ihm bis nach Mitternacht vorspielen muss. Ferner kauft er sich alle möglichen Schießgewehre – er braucht sie nicht, denn er ist kein Jäger, aber sie machen ihm Vergnügen, ebenso wie seine Tiere, drei Bernhardiner und ein Wolfshund. Tagelang ist er mit dem Auto unterwegs gewesen, bis er diese Meute zusammengebracht hat. Die Bernhardiner sitzen oder liegen dekorativ vor dem Hotel herum und verursachten anfangs Volksaufläufe, da man hier noch nie dergleichen Tiere gesehen hatte. Der Wolfshund dagegen zeichnet sich durch unbändiges Temperament aus und richtet allnächtlich ein Hotelzimmer zu Grunde, er zerreißt die Betten, beißt die elektrischen Drähte ab und ähnliches. Aber mein rauer Gatte lacht sich vor Vergnügen halbtot, wenn man ihm die Rechnung dafür präsentiert, und fordert alle auf, das Benehmen dieses ›Teufelskerls‹ zu bewundern. Um ihn nicht zu kränken, stimme ich aus vollem Herzen bei – solange er ihn nicht ins Sanatorium bringt. Der Hotelbesitzer ist ebenfalls Feuer und Flamme für das Tier wie für seinen Herrn, weil er auf diese Weise sämtliche Zimmer neu hergerichtet bekommt. Man weiß natürlich in der Stadt, dass wir verheiratet sind und dass große finanzielle Ereignisse uns umwittern. Da hier sonst wenig Sensationelles passiert, sind wir mythische Persönlichkeiten und ungeheuer populär. Allzu oft lasse ich mich zwar nicht blicken, aber es kommt doch manchmal vor, dass ich an der Seite meines Gemahls mich dem erstaunten Volk zeige.
Mit den anderen habe ich ihn nicht erst bekannt gemacht, er passt nicht zu ihnen und ist ausgesprochen menschenscheu. Er ist überhaupt merkwürdig und spricht wenig.

Was andere sagen, pflegt er zu überhören und reagiert nur selten darauf. Will ich also etwas von ihm wissen – er zitiert mich manchmal zu einer wichtigen Besprechung –, so heißt es ruhig dasitzen und abwarten, bis er davon anfängt. Er lässt Wein bringen, die Musikanten warten immer schon an der nächsten Straßenecke, bis man sie herbeiwinkt. Dann stehen sie auf der Piazza vor dem Hotel und spielen, er wirft ihnen Geld zu und lässt ihnen zu trinken geben. Ich spende ihnen hier und da ein huldvolles Lächeln und warte darauf, dass er mit der Besprechung beginnen wird. Irgendwann kommt denn auch der Moment, wo er sich daran erinnert und mit der Hand unter seine Lederjacke fährt – er hat einen merkwürdigen Kleidungskomplex, denn ich habe ihn noch nie in einem anderen Kostüm gesehen als: Schaftstiefel, Kniehosen und lederne Jacke – er sucht eine Zeit lang, fördert ein arg zerknittertes Schreiben oder Aktenstück zu Tage und teilt mir das Wissenswerte daraus mit. Das Wissenswerte ist immer nur eine neue Verzögerung oder Schwierigkeit.

Ich äußere meine Besorgnis, dass immer noch und immer noch … Er hört kaum darauf hin und sagt mit gewaltiger Stimme:

»Ich verstehe den Krempel ja auch nicht … ich verstehe überhaupt nichts von Geldgeschichten … aber seien Sie nur ruhig, gnädige Frau, es wird schon alles gut werden.«

Dann vertieft er sich wieder in die Vorzüge seiner Hunde, fragt mich, ob die Leute gut spielen, zeigt mir einen neuen Revolver, den er für besser hält als den vorigen, trinkt ein Glas nach dem anderen, und man hat den Eindruck, als ob er sich recht glücklich fühle.

Selten, selten gelingt es mir, ihn etwas redseliger zu machen – ich bin jetzt auch selbst so ›konstelliert‹, meine Gedanken kreisen wieder einmal wie in einem monotonen, betäubenden Wirbel immer um dasselbe: Wann kommt das Geld? So ist dieser Mann zweifellos die gegebene Gesellschaft für mich.

Aber wie gesagt, es kommt auch vor, dass er ein wenig mehr auftaut, Fragmente von sich selbst erzählt oder fragmentarische Ansichten über Menschen und Dinge äußert. Die über Menschen sind kurz und bündig. Von Männern lässt er nur den Typus Teufelskerl gelten, der ungeheuer trinken, spielen oder sonst etwas kann. Die anderen interessieren ihn nicht. Findet er einen solchen, so bewundert und protegiert er ihn, stopft ihm die Taschen voll Geld, sofern er selber welches hat usw. Er selbst ist in seiner Jugend von der Schule durchgebrannt, um Matrose zu werden, und späterhin jahrelang Goldgräber gewesen. Sobald das Pflichtteil da ist, will er in den Ural gehen und wieder graben. Aber vor allem müsse man dazu Geld in der Tasche haben, sonst käme nichts dabei heraus.

Ob ich ihn nicht doch mit Henry bekannt mache …

Und in dieser Umgebung unter Matrosen und Goldgräbern habe er Teufelskerle kennen gelernt! … Ob er sich selbst als vollgültigen Teufelskerl ansieht, ist mir nicht ganz klar, jedenfalls ist es sein heimlicher Ehrgeiz, und er ist vielleicht nur zu bescheiden, sich den Titel beizulegen. Die Frauen verachtet er ziemlich gründlich, zum Teil ist wohl seine erste Ehe daran schuld. Denn als ich einmal flüchtig jene Frau erwähnte, gab es eine lange Pause. Mindestens drei viertel Stunden trank er schweigend weiter

und sagte dann plötzlich voll ingrimmiger Überzeugung:
»Die Weiber sind alle Halunken.«
Ich hatte längst vergessen, wovon die Rede war, und sah ihn wohl etwas erstaunt an, denn er setzte milder hinzu:
»Nein, Sie meine ich nicht, gnädige Frau.«
Damit war die Konversation für diesen Tag beendigt. Ich glaube, es war eines der größten Komplimente, die mir jemals gemacht wurden, und weiß es auch vollkommen zu huldigen, wie überhaupt diese Flitterwochen nicht ohne Stimmung sind. Meine Bekannten im Sanatorium haben ihre Freude daran und kommen manchmal zur Stadt, um sich die Sache aus der Ferne anzusehen. Nur der Professor glaubt immer noch nicht, dass ich mit diesem Mann, der so viel von sich reden macht und anscheinend über beträchtliche Mittel verfügt, verheiratet bin. Sonst hätte er ihm als meinem Arzt doch längst einen Besuch gemacht und könnte ebenso gut meine Rechnung zahlen wie Auto fahren und sich eine Meute halten. Diese und andere gehässige Bemerkungen sind mir von einer Patientin hinterbracht worden und geben mir wieder einmal zu denken.
– Herr, wie lange noch? –
Ich mag auch keine Briefe mehr abschicken, wahrscheinlich ist das eine Art Neurose. Henry hat etwas Ähnliches – er kann sich nicht entschließen Briefe aufzumachen, weil er die Zwangsvorstellung hat, es möchte etwas Unangenehmes darin stehen. Es ist momentan wirtschaftliche Krisis bei ihm, er wartet auf eine wichtige Nachricht, die alles mit einem Schlage ändern soll, und ehe die nicht da ist, rührt er kein Schriftstück mehr an. Auf seinem Schreibtisch ist ein Extrafach, wo die uneröffneten Korrespon-

denzen hineinkommen. Es sind Briefe aus allen Weltgegenden darunter, auch eingeschriebene und Eilbriefe. Manchmal vergisst er es und schimpft, dass man von dieser oder jener Sache gar nichts mehr hört.

»Aber es ist seit drei Wochen ein eingeschriebener Brief da, mach ihn doch endlich auf.«

»... Nein, das kann ich nicht.«

Hier und da sitzen wir vor diesen Briefen, betrachten sie und malen uns aus, was wohl darin stehen mag. Soll man sie öffnen? Soll man sie liegen lassen? Und wie lange? Sollen wir den Moment bestimmen oder abwarten, bis er sich von selbst ergibt? Ich glaube, wir sind im Grunde überzeugt, dass sie durch das Lagern besser werden und dass Nachrichten, die bei voreiligem Öffnen noch ungünstig lauten würden, sich vielleicht mit der Zeit in gute verwandeln. Das wagt aber natürlich keiner dem anderen einzugestehen.

Drei sind da von Gottfried, und die lasten uns beiden auf dem Gemüt. Wir wollen sie aufmachen, sobald ›es‹ da ist. Eher können wir ihm doch nicht helfen, und es würde uns nur unnötig das Herz zerreißen, zu wissen, dass es ihm schlecht geht.

Früher war es immer Lukas, der den Kopf schüttelte und Blicke gen Himmel warf, jetzt schüttelt auch Baumann. Er hält uns allmählich für schwere Fälle, vor denen die Wissenschaft, wie er sich ausdrückt, einstweilen Halt machen muss. Das heißt, er hat es aufgegeben, uns in dem gegenwärtigen Stadium weiter zu behandeln, und wir sind todfroh darüber. Von Komplexen, Analyse und vor allem Geld darf nach stillschweigendem Übereinstimmen überhaupt nicht mehr gesprochen werden. Seitdem herrscht eine präokkupierte Grabesstille an unserer Tafelrunde und es gibt nichts mehr, worüber wir uns unterhalten könnten. Soll ich nun abschicken oder nicht? Warten bis – nein, ich bringe es nicht mehr über die Lippen und nicht mehr aus der Feder, dieses fürchterliche ›bis‹ – und wenn ich darauf warte, dauerte es vielleicht noch länger.

18

Es ist da, Maria – das heißt noch nicht ganz, aber so gut wie. Letzten Mittwoch fing es an.

Der Miterbe war plötzlich wie vom Erdboden verschwunden oder ließ sich verleugnen. Man brachte nur in Erfahrung, dass er den ganzen Tag mit Auto und Hunden unterwegs war, in den verschiedensten Ortschaften der Umgegend Teufelskerle um sich versammelte und bewirtete und abends bei seiner Rückkehr nicht mehr vernehmungsfähig sei.

Wir schlossen daraus mit gutem Grund, dass das Pflichtteil näher gerückt oder etwas Verhängnisvolles damit passiert sein müsse. Denn er pflegt sowohl freudige wie trübe Erregungen auf diese Weise auszuleben, und man muss solche Zustände vorübergehen lassen, ehe man sich wieder ins Einvernehmen mit ihm setzt.

Schließlich erschien er dann eines Morgens in eigener Person hier oben, was noch nie vorgekommen war. Den Wolfshund hatte er an der Leine, aber er riss sich los, rannte verschiedene Patienten fast über den Haufen und verursachte eine Panik. Der Professor kam aus seinem Sprechzimmer, um zu sehen, was da vorginge. Mein Gatte war außer sich vor Entzücken über das Temperament seines Hundes, drohte ihm zum Scherz mit dem Revolver und fragte ein Mal über das andere, ob er nicht ein Teufelskerl sei.

Der Professor aber meinte wohl, dass dieser Ehrentitel sich auf ihn beziehe und hielt den Miterben für einen tobsüchtigen neuen Patienten, den ich ihm zuführen wollte. Mit dem Professor gibt es eben immer Missverständnisse und ich hatte viele Mühe, ihm bei dem Höllenspektakel den Zusammenhang zwischen mir, dem Mann und dem Hund begreiflich zu machen. Die Zornesader auf seiner Stirn schwoll immer mehr an, ich glaube, er war nahe daran, selber einen Tobsuchtsanfall zu bekommen, was für das Sanatorium gewiss keine gute Reklame wäre.

Als dieser Zwischenfall erledigt war, kam das Geschäftliche an die Reihe. Der raue Gatte durchsuchte sämtliche Innentaschen seiner Lederjacke und förderte schließlich ein imposantes Dokument zu Tage, den Depositenschein der finnischen Bank, die uns das Pflichtteil abzuliefern hat. Es besteht einstweilen noch nicht aus barem Geld, sondern aus Eisenbahnobligationen.

Wir beratschlagten eine Weile, gingen dann in die Stadt hinunter zur Bank und gaben Auftrag, die Papiere sofort telegrafisch zu verkaufen. Dann machten wir eine größere Spazierfahrt mit sämtlichen Hunden.

Die anderen hatte ich den ganzen Tag nicht gesehen und konnte ihnen erst beim Abendessen Bericht erstatten. Lukas legte Messer und Gabel hin, als ich auf unsere Aktion bei der Bank zu sprechen kam, und vergaß alle Höflichkeit. »Ja, haben Sie denn ganz den Verstand verloren? Telegrafisch und en bloc verkaufen?«

»Wir können wirklich nicht mehr warten«, wendete ich kleinlaut ein.

»Das muss wieder rückgängig gemacht werden. Was sind es denn für Papiere?« Ich nannte sie ihm, stolz darauf, dass ich es wusste und mir keine Blöße zu geben brauchte.

Er jammert, dass es einen Stein erbarmen könnte, und wir sind alle ganz hingerissen vor Mitgefühl. – Man hätte die Obligationen herschicken sollen, sie deponieren, nach und nach verkaufen – und was weiß ich, ich verstehe nichts von solchen Sachen. Wer von uns denn auf diese glorreiche Idee gekommen sei?

»Alle beide – wir haben uns überlegt, wie es am schnellsten ginge.«

»Anstatt erst irgendeinen vernünftigen Menschen um Rat zu fragen ...«

»Nein, jetzt tun Sie mir Unrecht. Ich habe mich durchaus sachverständig benommen und den Bankdirektor gefragt, ob es nicht besser sei, vorläufig nur einige von den Papieren zu verkaufen. Aber er riet mir zu, es gleich en bloc zu machen.«

Achselzucken, Schweigen.

»Ist das nicht der große Blonde, den wir öfters im Café sahen und der immer so unglücklich aussieht?« fragte Henry.

»Ja, er ist entschieden Melancholiker. Als ich erwähnte, es eile, weil ich auf Reisen gehen wollte, sagte er ganz ergriffen: ›Gott, wer doch auch reisen könnte – weit fort reisen.‹ –

›Kommen Sie mit‹, sagte ich, um ihn etwas aufzuheitern, aber er hat nur traurig den Kopf geschüttelt.«
»Nehmen Sie ihn nur mit«, sagte Lukas mit schwacher Stimme, »ein melancholischer Bankdirektor ist gerade die rechte Gesellschaft für Sie.«

19

Vor meiner Abreise kam ich nicht mehr dazu, dir Nachricht zu geben, und kann auch heute nur kurz schreiben. Begreife – ich weiß noch nicht recht, wie mir ist. Das Sanatorium ist vergessen und versunken wie ein alberner Spuk … War ich denn jemals in einem Sanatorium? Habe ich jemals durch Ewigkeiten hindurch auf Geld gewartet? Hatte ich wirklich einmal einen Geldkomplex, den man mir weganalysieren wollte. Und ist er jetzt tatsächlich ganz fort?
Das, Maria, ist eine große Frage, die ich heute noch nicht zu beantworten wage. Mir scheint beinahe, er hat sich nur verändert. Denn seit ›es‹ da ist, dreht sich alles, was ich empfinde, doch wieder ausschließlich um Geld, wenn auch diesmal in positivem Sinn, aber es dreht sich. Dreht sich um greifbar vorhandene Banknoten, Goldstücke, Schecks, Kreditbriefe, Möglichkeiten, Einkäufe und so weiter.
›Es‹ ist immer noch zu persönlich, es erfüllt mich noch zu sehr, ich muss immerfort daran denken. Zum erstenmal in meinem Leben habe ich eine Nacht nicht schlafen können, weil es wirklich da war.

Baumann sagt … aber ich habe noch Verschiedenes nachzuholen.
Am Tage, nachdem der Depositenschein präsentiert wurde und wir der Bank unsere Order erteilten, haben wir denn auch Henrys Korrespondenzen eröffnet. Es ergab sich daraus unter anderem, dass der Herr Alramseder definitiv unschädlich gemacht worden ist, indem seine eigenen Kaffern ihn gelyncht haben, ferner, dass Gottfried einsam und verzweifelt das Petroleumgebiet beaufsichtigt, ohne jede Nachricht von Balailoff, und auf unser Einschreiten hofft, und schließlich, dass Henry eine Geschäftsreise nach Spanien zu machen hat, die sich mit einer gemeinsamen Vergnügungsfahrt sehr gut verbinden ließe.
Gottfried haben wir dann gleich telegrafisch ausgelöst und mitgenommen, da er sehr erholungsbedürftig war, und Baumann hat sich angeschlossen, weil, wie er behauptet, die Weiterentwicklung unserer Komplexe ihn lebhaft interessiert.
Der Miterbe ist dort geblieben, sein Hotelwirt und er können sich nicht mehr voneinander trennen.
Übrigens war das Geld noch nicht wirklich angekommen, als wir abfuhren, aber die Bank gab Vorschuss. Wir hatten die Schiffsbilletts schon bestellt und wollten nicht länger warten. Dummerweise verfehlten wir das Schiff trotzdem, da es jeder Tradition zuwider fahrplanmäßig abgefahren war, und auf der Bahnlinie Genua-Marseille wurde gestreikt, man konnte auch damit nicht weiterkommen …
Das Pflichtteil rebelliert also immer noch. Wie oft hat man eine Reise unterlassen, weil man sie sich nicht leisten konnte. Jetzt konnten wir uns einen Extrazug nehmen, aber

die Bahnlinie streikt. Kein Mensch wird mir einreden, dass es wirklich die Eisenbahner sind, die ihre Arbeit niederlegen. Die anderen schlugen vor, sich angenehm in Genua zu etablieren und abzuwarten, aber ich bin außerstande, noch auf irgend etwas zu warten, und halte es für besser die Dinge zu überlisten, wenn sie einen schikanieren wollen. So haben wir uns, da vorläufig kein anderes Schiff in der gewünschten Richtung fuhr, auf einen kleinen spanischen Frachtdampfer einquartiert und hoffen, dass wenigstens dieser irgendwann in See stechen wird. Unterwegs kann man dann vielleicht wieder wechseln oder in die Bahn steigen. Es sollen noch zwanzig Kühe eingeschifft werden, und das hat seine Schwierigkeiten, räumliche und bürokratische – wir sind darüber noch nicht ganz im Bilde. Einstweilen steht nur soviel fest, dass die Abfahrt spätabends oder in aller Herrgottsfrühe vor sich gehen soll, und der ›Steward‹ riet uns dringend, deshalb schon auf dem Schiff zu wohnen. Auf Passagiere, die nicht zur Stelle seien, könne man unmöglich warten, nachdem man schon so lange auf die Kühe gewartet habe.
Die Kabinen, wie das ganze übrige Fahrzeug, sind nichts weniger als komfortabel, und man muss die ersehnten Luxusgefühle vorläufig noch verdrängen, wenigstens für die Nacht. Bei Tag gehen wir natürlich an Land, erholen uns, schlemmen und kaufen.
Unausstehlich ist Baumann, er will immer dabei sein, analysiert jede Ausgabe und die Art, wie sie gemacht wird. Ich möchte ihn ans Ende der Welt schicken, aber es geht nicht, schließlich verdanke ich doch nur ihm, dass ich so lange im Sanatorium bleiben konnte.

Ich habe viel zu tun. Unter anderem muss Gottfried angezogen werden, er sah so aus, dass wir uns selbst auf dem Schiff mit ihm genierten.
Eben sind die Kühe angekommen, sie werden jetzt verladen, und abends fahren wir ab. Von unterwegs Weiteres.

20

Die anderen schimpfen wie wahnsinnig, dass ich sie zu dieser Fahrt verlockt habe. Es hat gleich ein heilloser Sturm eingesetzt, und sie liegen alle todkrank in ihren Kabinen. Der ›Steward‹, der nicht an Passagiere gewöhnt ist, rupft seelenruhig Hühner, anstatt sie zu bedienen.
Ich selbst werde nie seekrank, mir wird höchstens schlecht, wenn … aber die Zeiten sind ja glücklich vorüber.
Über das Deck, soweit von einem solchen die Rede sein kann, geht eine Sturzsee nach der anderen. Bei der Kajütentreppe ist ein kleiner geschützter Raum, und da sitze ich auf einem Liegestuhl, den man mit Stricken festgebunden hat. Ganz allein, und dieses Alleinsein koste ich in vollen Zügen aus. Es ist, als sei die ganze Welt versunken und nichts zurückgeblieben als Himmel, Meer und Geld.

21

Seit ich von unterwegs den letzten etwas flüchtigen und durchgerüttelten Gruß an dich abschickte, ist mehr als eine Woche vergangen. Wir sind immer noch an Bord.

Durchschnittlich jeden anderen Tag legen wir in irgendeinem Hafennest an, um zu löschen oder weil die Kühe einen Ruhetag brauchen. Diese Tiere können nämlich an der Seekrankheit sterben, und das Wetter ist andauernd stürmisch. Ich habe dem Kapitän verschiedentlich angeboten, alle zwanzig zu kaufen und sie dann an der nächsten Landungsstelle auszusetzen, damit wir nur einmal vom Fleck kommen – nicht meinetwegen, denn von mir aus könnte die Reise ewig dauern, aber die anderen sind so ungeduldig. Er wollte jedoch nicht darauf eingehen.
Ob wir jemals ankommen oder am Ende noch mit dieser Baracke untergehen?
Es ist ja klar, dass das Geld mich immer noch foppen will. Seit es mir nicht mehr entrinnen kann, kommt immer wieder eine Situation zu Stande, die ein intensives Ausgeben unmöglich macht. Entweder war keine Zeit mehr wie in Genua oder keine Gelegenheit wie jetzt. Und ich habe doch so sehr das Gefühl, es müsste endlich einmal ein Exempel statuiert werden, damit es mich als Herrin anerkennt. Die Taschen meiner Begleiter und meine eigenen – ich habe einen Reisemantel mit vielen und geräumigen Taschen – platzen vor Geldscheinen, und sie werden nicht weniger, es ist manchmal, als ob sie mich höhnisch angrinsten: »Gib uns doch aus, wenn du kannst.«
Diese Art zu reisen ist hoffnungslos billig und, wie schon erwähnt, ich kann nicht einmal die Kühe kaufen, weil der Kapitän so halsstarrig ist.
Wir haben alles versucht, um einen protzigen Ton einzuführen, es gelingt nur halb. Zu Tisch machen wir Toilette, die Herren im Smoking – aber das kostet nichts und ist einiger-

maßen deplaziert. Die Leute halten uns für mehr wie übergeschnappt, schon weil wir überhaupt mit ihnen gefahren sind. Sie haben sonst nie Passagiere erster Klasse und es ist ihnen nur lästig, weil sie lieber Essvorräte in den Kabinen aufbewahren. Das Leben ist doch verdreht – kaum ist man aus dem Sanatorium heraus, so halten einen alle für verrückt. Dabei müssen wir uns dem Bordkomment fügen, um zehn Uhr früh zu Mittag essen und um fünf zu Abend. Extramahlzeiten werden nicht serviert. Es geht uns also ähnlich wie dem hungernden Araber, der einen Sack Perlen in der Wüste fand ... Der beklagenswerte Gottfried hat zum Beispiel immer noch keinen Mantel, weil sich damals in der Eile nichts Passendes fand, und muss elend frieren oder sich an Deck in eine Wolldecke wickeln.
Nach dem Souper telegrafieren wir. Der Funkapparat ist der einzige Luxusgegenstand auf unserem Dampfer.

22

Monte Carlo
Zwei Briefe von dir habe ich hier bekommen – sei nicht böse, dass ich nicht schrieb, aber ich denke, du wirst wenigstens einige Funktelegramme erhalten haben.
Wir sind nicht, wie zu erwarten stand, mit Mann und Maus untergegangen, sondern tatsächlich eines Tages in Barcelona angekommen, und die Kühe wurden noch in unserer Gegenwart gelöscht. Das ganze Schiff, und wir mit, interessierte sich zuletzt ausschließlich für ihr Befinden, so dass es fast zu einem neuen Komplex wurde.

Dann aber haben wir alle weiteren Reisegedanken buchstäblich über Bord geworfen, in Barcelona nur gefrühstückt und sind mit dem nächsten Zug nach Monte gefahren. Es war wie eine plötzliche Erleuchtung, dass wir dahin müssten. Und die Fahrt ging ohne jeden Zwischenfall vor sich. Nichts streikte, kein Zug entgleiste, kein Hotel ging in Flammen auf.
Hier bin ich vollkommen und wunschlos glücklich, Maria, mir ist, als hätte ich die Heimat gefunden und alles, was dazugehört. Man wohnt nicht, man ist im Hotel, und am Spieltisch gibt es keine Vergangenheit, keine Zukunft und keine Gegenwart mehr, keine Spannungen und keine Gedanken. Denn ich muss bemerken, das Jeu hat für mich nichts Aufregendes, es wirkt im Gegenteil beruhigend, man sieht nur Geld, hört nur Geld, fühlt nur Geld, und das ist gerade das, was mir Not tat. Einmal gehört es mir, einmal nicht, es rollt fort, schiebt sich wieder vor mich hin – es muss sich passiv verhalten, kann sich keine eigenen Launen mehr leisten, sondern muss sich denen des Roulette fügen. Und ich tyrannisiere es, denn ob ich spiele, und wie hoch, oder wieder aufhöre, steht in meiner Macht.
Übrigens spielen nur Henry und ich. Gottfried darf nicht ins Kasino, weil er noch nicht mündig ist, und Baumann geht von Tisch zu Tisch und sammelt Material, um eine Abhandlung über Geldkomplexe zu schreiben. Meiner, behauptet er, sei jetzt erst auf dem Höhepunkt angelangt. Aber das interessiert mich nicht mehr.

Morgen schreibe ich weiter, ich habe vor, einen Tag auszusetzen. Die anderen wollen einen Ausflug machen und

um des lieben Friedens willen gehe ich mit. Wozu eigentlich? Landschaft und dergleichen gibt es überall. Ich will hier nur Geldluft atmen.
Und dann muss ich mich endlich einmal um Gottfrieds Paletot kümmern, er behauptet, allein könne er solche Einkäufe nicht machen. Man hat ihn neulich schon für einen Selbstmörder gehalten, weil er frierend in den Anlagen herumschlich.
Vorige Woche haben wir enorm gewonnen, aber die letzten Tage ebenso arg wieder verloren, und ich habe sicherheitshalber an den melancholischen Bankdirektor telegrafiert. Er muss mir jetzt auch endlich die Abrechnung über die eingetroffenen Gelder schicken.

23

Das war vorgestern. Unser Ausflug verlief sehr nett, aber der Mantelkauf wurde darüber wieder versäumt. Dieser Mantel geht mir allmählich auf die Nerven. Hätte man doch lieber den ganzen Gottfried zu Hause gelassen.
Heute früh nun saßen wir arglos beim Frühstück und waren gerade besonders aufgelegt, mit neuen Kräften weiterzuspielen. Für Henry war ein ganzer Haufen Briefe angekommen. Er wollte sie unbesehen in die Tasche schieben, aber ich beredete ihn törichterweise sie aufzumachen. Gleich der erste enthielt eine lästige Nachricht, nämlich, dass die Terraingeschichte wackelt. Der Professor hat sein Kapital herausgezogen. Mir fiel dabei aufs Herz, dass ich ihm meine Rechnung immer noch nicht gezahlt habe und

er sich vielleicht dafür rächen will. Ich fühlte mich damals einfach unfähig, gleich wieder Rechnungen zu zahlen und mich mit Gläubigern zu beschäftigen.
Henry sah sorgenvoll aus und wollte von den anderen Briefen nichts mehr wissen. Es war aber einer von Lukas dabei, und ich bat ihn, wenigstens den noch zu lesen. Er tat es und seine Miene verfinsterte sich noch mehr:
»Was soll das nun wieder heißen – Lukas bittet mich, zu veranlassen, dass du sofort zurück kommst.«
Wir ergingen uns in Vermutungen, was es bedeuten könne. Ist es am Ende wirklich ein Racheakt des Professors wegen der unbezahlten Rechnung? Lukas erwähnt auch die Terraingeschichte und scheint ganz aus dem Häuschen. Hat er vielleicht in unserer Abwesenheit auf eigene Hand angefangen zu spekulieren und kann ohne uns nicht damit fertig werden? Will er uns nur aus liebevoller Fürsorge aus der Spielhölle fortlocken ... Oder aber hat der Miterbe Unheil angerichtet, etwa die Stadt in Brand gesteckt?
In keinem von diesen Fällen leuchtet mir ein, weshalb meine persönliche Betätigung nötig sein sollte. Gerade jetzt hier abbrechen, wo die Beziehung zwischen dem Pflichtteil und mir anfängt sich zu einer wahrhaft herzlichen zu gestalten. Es benahm sich schon manchmal, als ob es mich wirklich gern hätte und bei mir bleiben wollte, denn es kam immer wieder, wenn wir auch noch so leichtsinnig setzten. Nur gerade die allerletzten Tage ...
Schmerzlich genug, dass Henry abfahren will – ich bleibe hier. Mögen die Terrains wackeln, der Miterbe alles auf den Kopf stellen, der Professor ... mit Geld lässt sich ja

alles wieder arrangieren, zum Beispiel, indem man seine Rechnungen zahlt, die Terrainsache stützt usw.
P. S. Henry ist abgefahren und depeschiert wie ein Wahnsinniger, ich möchte sofort nachkommen. Schreib also wieder an die alte Adresse: Nervenheilanstalt und so weiter. – Ich hätte wahrhaftig nicht gedacht, dass ich sie noch einmal wiedersehen würde.

24

Ja, Maria … wie soll ich dir das erzählen, damit du es nicht für einen dummen Witz hältst. Eigentlich ist es auch einer, aber das Schicksal hat ihn gemacht, nicht ich. Höre nur: Die Bank hat falliert – ausgerechnet unsere Bank.
Wir hatten uns ja alles Mögliche ausgemalt, was geschehen sein könnte, aber auf diesen phantastischen Gedanken war keiner von uns gekommen.
Jetzt verstehen wir auch, weshalb der Direktor so melancholisch war und gerne reisen wollte, dass er keine weiteren Summen und keine Abrechnung schickte und das Geld sich während der Reise manchmal noch ironisch benahm. ›Es‹ hat natürlich alles voraus gewusst.
Wie ich diesem Ereignis gegenüberstehe, wirst du fragen. Aber das weiß ich selbst noch nicht recht. Es hat mich wohl überrascht, und ich wollte lieber, es wäre nicht geschehen. Ich habe auch vorläufig gar keine Lust darüber nachzudenken. Es wirkte gerade in diesem Moment so absolut kinematografisch und du weißt ja, wenn das Leben filmt, ist man immer noch ganz lustig. Wir sind auch

einstweilen noch so von der Finanzstimmung in Monte erfüllt, dass sich selbst über die ersten dunklen Stunden ein festlicher Schimmer legte.

Lukas empfing mich natürlich mit tragischer Miene und einigen vorwurfsvollen Bemerkungen über unseren letzten Aufenthalt. Es stört ihn, dass wir dort jeuten und jubilierten, während hier die letzte Chance einer sicheren Zukunft in die Brüche ging. Und der alte Zank beginnt von neuem:

»Es hätte ja doch nicht gereicht.«

»Es hätte gereicht, wenn Sie eine Leibrente …«

»Nein, wenn du sofort Goldshares …«, unterbricht Henry.

»Ja, natürlich, und Sie dem Herrn Alramseder …«

»Ist nicht mehr nötig, denn Alramseder hat ausgejobbert«, bemerkte Henry feierlich, und endlich kann ich wieder zu Wort kommen, um einen vernichtenden Trumpf auszuspielen:

»Hätten Sie, Lukas, nur telegrafiert, anstatt einen Brief zu schreiben, aus dem niemand klug werden konnte … so wäre der ganze Schaden überhaupt wieder gutgemacht. Es ist einzig und allein Ihre Schuld, dass ich heute wieder ohne wirtschaftliche Basis dastehe …«

»Stimmt«, sagte Henry und Lukas ist einen Augenblick sprachlos.

»Meine Schuld?«

»Allerdings, denn drei Tage vorher hatten wir schwindelhafte Summen gewonnen, und hätten wir damals aufgehört …«

»Oder wären dageblieben um weiterzuspielen«, ergänzt Henry, und Lukas erklärt auf das Bestimmteste, er würde morgen abfahren, es sei ihm unmöglich, noch länger unter

einem Dach mit uns zu bleiben und mit anzuhören, was wir alles getan ›hätten‹. Baumann dagegen gedenkt geradezu analytische Orgien zu feiern.
Dann habe ich den Miterben aufgesucht. Er saß mit einer Flasche Rotwein vor dem Hotel, äußerte keinerlei Überraschung, mich hier zu sehen, und blickte ziemlich verstört drein. Nachdem wir eine volle halbe Stunde schweigend dagesessen hatten, erzählte er mir, dass sein Wolfshund vorgestern plötzlich gestorben sei. Er mutmaßte nun, man habe das Tier vergiftet, und hat eine bedeutende Summe als Preis für die Aufklärung des Täters deponiert – sämtliche verfügbaren Polizisten sind schon eifrig an der Arbeit. Dann kam sein Auto, er ließ den toten Hund hineinlegen und fuhr ab, um in der nächsten Stadt das Tier sezieren und die Todesursache feststellen zu lassen. Der Hotelbesitzer kam heraus und schüttelte mir ergriffen die Hand. Er soll der Einzige hier im Städtchen sein, der durch den Bankkrach nicht ruiniert ist, und erzählte mir, es habe sich herausgestellt, der verendete Hund sei überhaupt kein Hund, sondern ein zahmer Wolf gewesen, den irgendein Teufelskerl aus einer Menagerie gestohlen und meinem Herrn Gemahl verkauft habe.
Ob diese Geschichte wahr ist oder ob sie zu den pittoresken Mythen gehört, mit denen man uns hier umgibt, möchte ich dahingestellt sein lassen. Ich muss sagen, dass mich nichts mehr in Erstaunen zu setzen vermag.
Gegen Abend des nächsten Tages kam der Gemahl zurück und war etwas enttäuscht, denn die tierärztlichen Autoritäten haben festgestellt, der ›Hund‹ sei eines natürlichen Todes gestorben. Somit hat man die Verfolgung des Mör-

ders wieder eingestellt und der Hotelbesitzer mag erleichtert aufgeatmet haben.
Dann ist er zornerfüllt abgereist, wohin, weiß man nicht. Wir haben uns wortkarg, aber doch herzlich voneinander verabschiedet und Gott allein weiß, ob unsere Wege sich in diesem Leben noch einmal kreuzen oder ob wir uns scheiden lassen.
Er weiß vielleicht auch, wie sich nun die Dinge weiterentwickeln werden. Ich selbst habe keine Ahnung.

25

Für deinen Brief und deine Teilnahme herzlichsten Dank. Nur keine übertriebene Sorge – ich befinde mich im Ganzen recht wohl.
Unser Dasein hier steht natürlich im Zeichen des Bankerotts, und auch das hat seinen Charme.
Henry ist ebenfalls schwer betroffen, denn seine Terraingesellschaft ist im Zusammenhang mit der Bank vollständig aufgeflogen. Er rechnet viel, ist aber voller Zuversicht, dass sich gerade auf diesen Zusammenbruch hin ganz neue Gründungsperspektiven eröffnen.
Auf jeden Fall bleiben wir hier. Wir fühlen uns allmählich immer mehr mit diesem Ort verwachsen …
Unter der Bevölkerung herrscht eine trübe und erregte Stimmung, jeder Tag bringt neue Hiobsposten von verkrachten Unternehmungen, schurkischen Aufsichtsräten, die durchgebrannt sind oder sich noch rasch erschossen haben, ruinierten Aktionären und dergleichen mehr. Man

fraternisiert mit anderen Mitverkrachten und ist beständig von Leuten umringt, die über Hypotheken, Bodenwerte, Aktien, gestohlene Depositen, sichere und unsichere Papiere reden. Die ganze Atmosphäre hat eine kapitalistische Note bekommen, die ungemein wohltuend ist. Unsere Popularität ist ins Ungeheure gestiegen, wir gelten zum mindesten für Millionäre, weil wir unsere Verluste mit Würde tragen, und haben schrankenlosen Kredit. So lässt sich's ganz gut leben.

Lukas ist nicht mehr da. Und Baumann hofft immer noch mich einmal analysieren zu können, aber ich glaube, es ist nicht mehr nötig. Denn mein Geldkomplex …

Ich gehöre jetzt selbst zu den Gläubigern – der verkrachten Bank natürlich – und das gibt dem Geld gegenüber einen ganz anderen Gesichtspunkt. Wer weiß, ob es mich nicht doch noch respektieren lernt, wie es eben nur Gläubiger respektiert und auf ebenso unwahrscheinliche Weise wiederkehrt, als es sich verabschiedet hat.

Leb wohl, ich will mit Gottfried zum Schneider. Es schadet meinem Ansehen, dass er immer und immer noch ohne Überzieher herumläuft. Und um vier Uhr muss ich zu einer Gläubigerversammlung.

Die Deutsche Bibliothek – CIP-Einheitsaufnahme

Ein Titeldatensatz für diese Publikation ist bei
der Deutschen Bibliothek erhältlich

1. Auflage 2002

edition ebersbach
Droysenstraße 8, 10629 Berlin
www.edition-ebersbach.de

Umschlaggestaltung: Antje und Sybille Hassinger,
Dortmund, unter Verwendung einer Fotografie
von ullstein bild, Berlin
Druck und Bindung: Westermann Druck Zwickau

ISBN 3-934703-48-8

blue notes

die Reihe mit den spannenden Zwischentönen
im Konzert der Bücher

Inga Westerteicher
Das Paris der Simone de Beauvoir

128 Seiten, Halbleinen, viele Abbildungen
ISBN 3-931782-60-3

Dieses Buch schenkt dem persönlichen Paris der Simone de Beauvoir besondere Aufmerksamkeit, den Orten, die ihr viel bedeuteten, weil sie sich dort mit Freunden traf oder weil diese für sie auf ihrem Weg zur Schriftstellerin, Feministin und politischen Aktivistin wichtig waren. Ein Spaziergang durch Beauvoirs Paris mit Auszügen aus ihren Werken, Briefen und Tagebuchnotizen, erstmalig auch aus ihren bisher unbekannten Jugendtagebüchern (1926-1930) – und natürlich mit vielen Fotos. Eine Paris-Karte sowie ein Register der Örtlichkeiten erleichtern dem weiblichen wie männlichen Flaneur auf Beauvoirs Spuren die Orientierung.

Colette
...ab sofort Rue de Seine
Vom Glück und Unglück des Umziehens

Aus dem Französischen von Noa Kiepenheuer
96 Seiten, Halbleinen
ISBN 3-934703-22-4

„Von Umzügen können nur Menschen sprechen, die über Sinn für Sesshaftigkeit verfügen." Colettes kleines Umzugsbrevier, das uns kreuz und quer durch Paris führt, ist ein ideales Mitbringsel für leidgeprüfte „Zügler". Folgen wir ihr also an den Rand des Bois de Boulogne, um das Pariser „Landleben" auszukosten, hausen mit ihr in einem windschiefen Schweizer Chalet oder lassen uns in einem Maleratelier nieder. Neugier, Humor und Abenteuerlust stellt Colette unbekümmert den Widrigkeiten ihrer Behausungen entgegen, die sie für ihre kleinen Schadhaftigkeiten ja gerade umso mehr liebt.

blue notes

die Reihe mit den spannenden Zwischentönen im Konzert der Bücher

Elfi Hartenstein

Jüdische Frauen im New Yorker Exil

10 Begegnungen

144 Seiten, Halbleinen, mit Fotos von Thomas K. Müller

ISBN 3-931782-55-7

Als die Nationalsozialisten mit der systematischen Ausrottung der kulturellen Elite begannen, war für viele jüdische Frauen die Flucht über den Atlantik die einzige Möglichkeit, ihr Leben zu retten. Elfi Hartenstein hat Akademikerinnen, Wissenschaftlerinnen, Künstlerinnen und Schriftstellerinnen – alle Anfang des Jahrhunderts geboren – aus der Masse der anonym gebliebenen Auswanderer in New York aus- und aufgesucht. Ihre authentischen Porträts ergeben ein Buch, das spannender ist als mancher Thriller.

Unda Hörner

Nancy Cunard

Enfant terrible der Pariser Bohème

112 Seiten, Halbleinen, mit Fotos

ISBN 3-934703-24-0

Das aufregende Leben der Verlegerin, Reporterin und Millionenerbin Nancy Cunard, die aus dem goldenen Käfig ihrer Jugend ausbrach, sich leidenschaftlich und ohne Kompromisse der Literatur und dem politischen Aktivismus verschrieb und dabei oft genug gegen die Spielregeln der feinen Gesellschaft verstieß. Die Freundin Janet Flanners, Pablo Nerudas und Tristan Tzaras machte die Bekanntschaft der Surrealisten um André Breton und war von 1926-1928 die Lebensgefährtin Louis Aragons. In der Hours Press, dem von ihr ins Leben gerufenen Verlag, erschienen u.a. Texte von Ezra Pound, T. S. Eliot und Samuel Beckett.

GP·076719